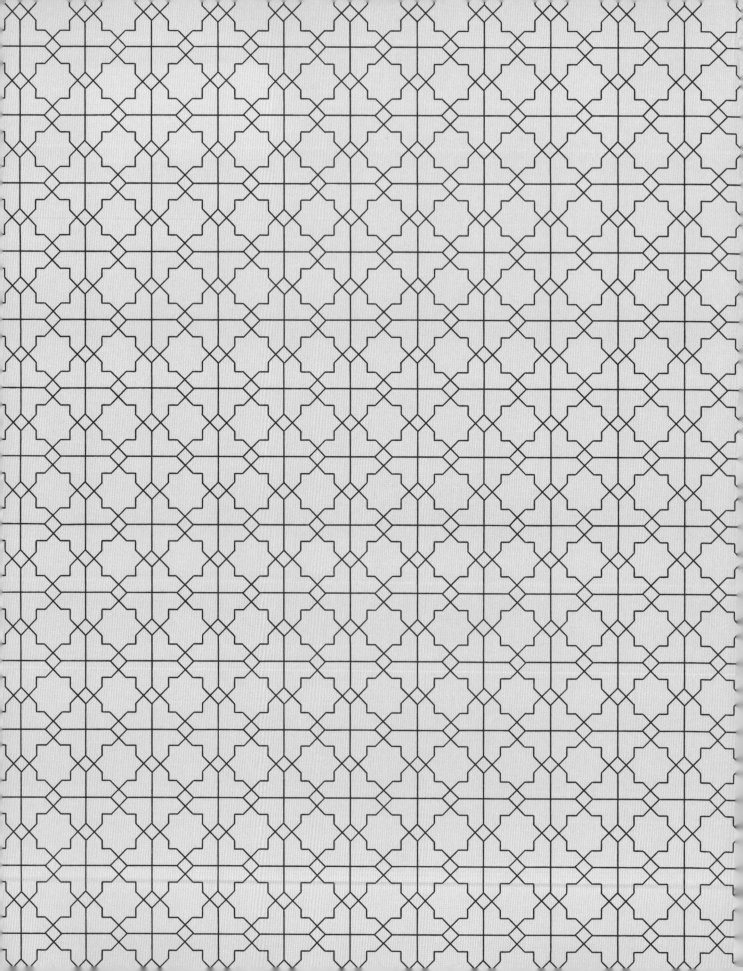

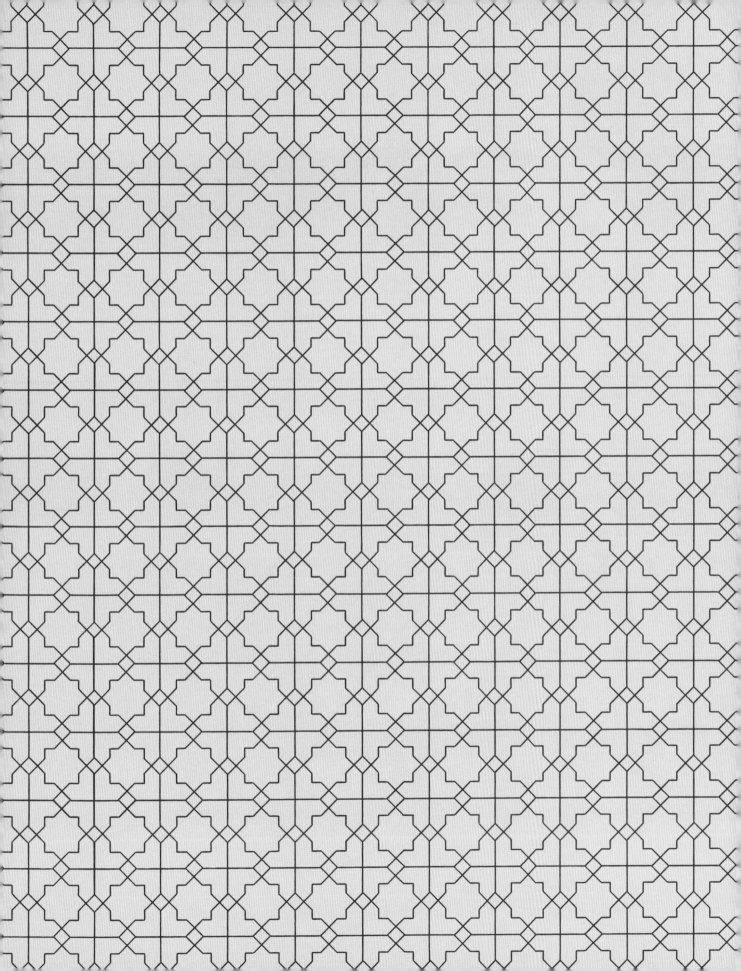

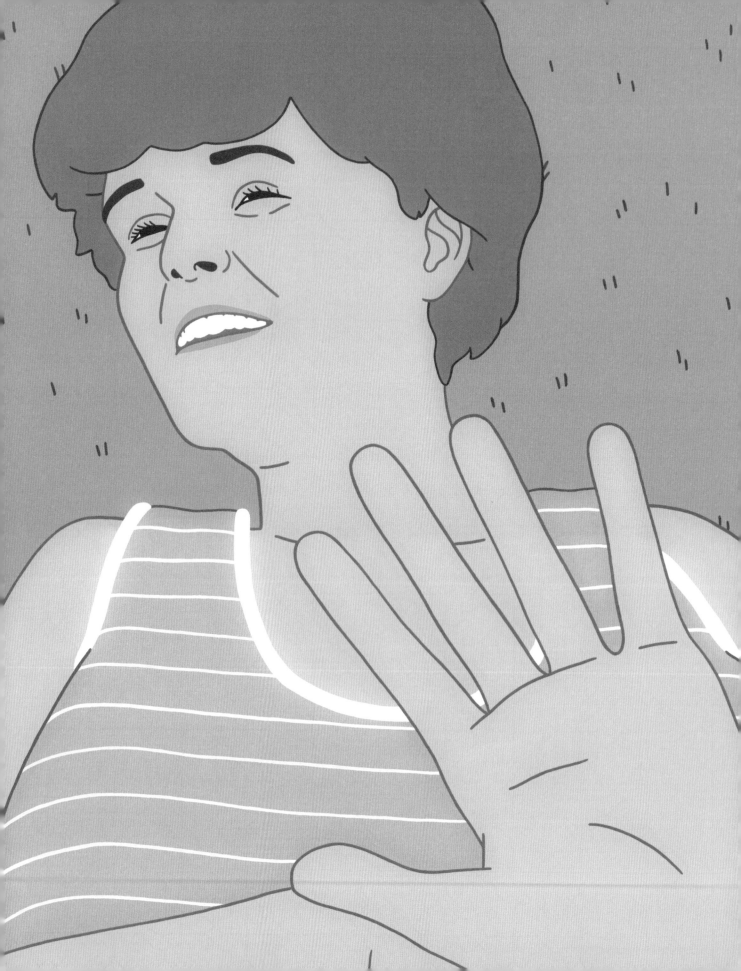

薩 賓 娜 之 死

Sabrina

PaperFilm FC2039
一版一刷 2019 年 7 月

———————

作者：尼克・德納索（Nick Drnaso）
譯者：宋瑛堂
編輯總監：劉麗真
責任編輯：陳雨柔
行銷企畫：陳彩玉、陳紫晴、藍偉貞
封面設計：馮議徹
內頁編版：漾格科技股份有限公司

———————

發行人：涂玉雲
總經理：陳逸瑛
編輯總監：劉麗真
出版：臉譜出版
城邦文化事業股份有限公司
臺北市民生東路二段 141 號 5 樓
電話：886-2-25007696・傳真：886-2-25001952
發行：英屬蓋曼群島商家庭傳媒股份有限公司城邦分公司
臺北市中山區民生東路二段 141 號 11 樓
客服專線：02-25007718；25007719
24 小時傳真專線：02-25001990；25001991
服務時間：週一至週五上午 09:30-12:00；下午 13:30-17:00
劃撥帳號：19863813 戶名：書虫股份有限公司
讀者服務信箱：service@readingclub.com.tw
城邦網址：http://www.cite.com.tw

香港發行所：城邦（香港）出版集團有限公司
香港灣仔駱克道 193 號東超商業中心 1F
電話：852-25086231・傳真：852-25789337

馬新發行所：城邦（新、馬）出版集團
Cite（M）Sdn. Bhd.（458372U）
41-3, Jalan Radin Anum, Bandar Baru Sri Petaling,
57000 Kuala Lumpur, Malaysia.
電話：+6(03)-90563833・傳真：+6(03)-90576622
電子信箱：services@cite.my

ISBN：978-986-235-767-5
售價：450 元（本書如有缺頁、破損、倒裝，請寄回更換）
版權所有・翻印必究（Printed in Taiwan）

THANKS: KYLE HORTON, IVAN BRUNETTI, TRACY HURREN, CHRIS OLIVEROS,
CHRISTEN CARTER, MICHELLE OLLIE, HARRY BLISS, JAMES STURM, SUSAN O'DELL,
ZADIE SMITH, TONY TULATHIMUTTE, ADRIAN TOMINE, JONATHAN LETHEM,
CHRIS WARE, PEGGY BURNS, TOM DEVLIN, JULIA POHL-MIRANDA, RACHEL NAM.

♥ FOR SARAH. ♥

終於找到妳了！

幹嘛躲我？

表情太萌了。

想不想吃晚餐？

天啊！

別嚇我啦！ 對不起！

不是說好了嗎，我下班後過來。

沒事。大概是因為我不習慣晚上沒人作伴。

肥婆還好吧？

她顯得好老喔，對不對？

對，不過最好別對媽說貓老。那隻貓一死，老媽會瘋掉。

嗯。

妳男人呢？

他去上班了。也好，不然跟他在我小時候的臥房裡窩一晚，感覺一定很怪。

可以幻想一下，玩玩角色扮演呀！爸媽出遠門…家裡只剩妳和男朋友…

少鬧了，珊卓。

喂，幫我按幾下肩膀吧？做這工作，肩膀痠死了。

這樣按可以嗎？

很舒服。

以前我用功時，媽常按摩我肩膀。

去年我快抓狂時，回到這裡，她還幫我搔背呢。

我借妳的書帶來沒？

有！謝謝提醒。

讀後感？

有些點子挺有意思，不過讀完後，心裡怪空虛的。

對。可是，這種空虛感滿不錯的吧。泰迪也讀了嗎？

才沒有。他不常讀閒書。

真的啊？

他別的興趣多的是。我倒是買過一本主題是海盜的奇怪古書，以為他會喜歡，所以在耶誕節送他。

這些蘋果是假的，我居然忘了。

被我重新上過色。看起來夠逼真吧？

1 原文為十二個字母：Dick and Parry，兩人為越獄犯，是一九五九年堪薩斯州農家滅門血案的兇手 Dick Hickok 和 Parry Smith。

公司設在一個怪咖的公寓裡。
那天他穿毛茸茸的粉紅毛衣，戴名貴手錶。一看就知道是詐騙集團。

對了，我在醫院那段時間，裡面有人加入一個醫藥研究計畫，和我們一起被關在醫院裡當病人，一待就是一整個月，最後領兩千美元。

哈，我好像沒有窮到狗急跳牆吧。
我不喜歡被關。

沒那麼慘啦，只是有點悶而已。
我們反覆看幾支錄影帶。
我悶得發慌，乾脆研究背景裡的那些演員。

嗯。

妳一定能認識幾個奇妙的人。
我敢說，妳可以蒐集到一些新鮮事。

對啊，哈哈，再說吧。
我考慮的工作比較像幫人遛狗之類的。

〈常伴妳男人〉
是誰的歌？

什麼？
喔～

泰咪·懷尼特。

哇，萬事通喔！妳乾脆報名參加猜謎節目，錢贏到爆。

也好。

等春天來，我想騎單車去逛大湖區一圈。

去啊！一定很好玩。

表姊吉娜說她去年騎過一條路，沿路風景美極了。

感覺很不錯。能遠離市區，和網路脫鉤。

不如妳陪我一起去吧？

真的？晚上睡哪裡？

路邊搭個帳篷不就行了。一毛錢也不用花，如果妳擔心花費的話。

安全嗎？

不曉得。妳擔心什麼？

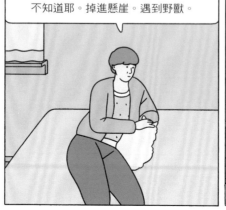

不知道耶。掉進懸崖。遇到野獸。

我十九歲那年，一個人搭客運去佛羅里達的巴拿馬城海灘（Panama City Beach），記得嗎？

對。妳那次的動機是什麼？

只想試試看吧。現在想想，也不清楚當時期望有什麼收穫。

到了那裡，才發現陷入春假狂歡族的惡夢。嚇死人了。到處是假約會真性侵的那種男大生和類固醇金剛妖。

我的錢只夠住鬧區外圍最爛的摩鐵。第一晚我打電話給媽，她根本不曉得我已經不在芝加哥了。

白天我沒事幹，只坐在一間很舊的電玩店裡，看別人打桌上曲棍球。晚上，我躲在房間裡看公用頻道。

最後一晚，我去海邊看夕陽，三個男人過來搭訕，請我回他們房間。其中一個說，他們正在打獵。

我提腿正想走，一手被他抓住。我衝上街，他們開車跟蹤，我逃進一家塔可餅店，躲到廁所裡，關門連哭了兩個小時。

妳怎麼沒跟我提過？

嚥不下這口氣嘛。告訴妳，之後，我就沒度過假了。

好了，總之，騎單車遊森林，沒啥好擔心。豬哥都住旅館。

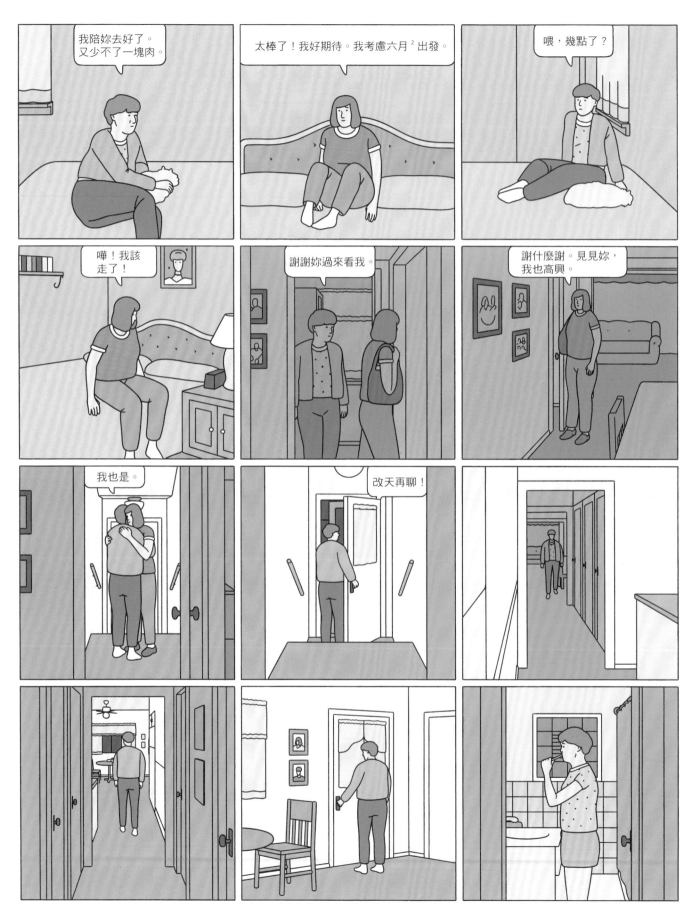

2 原書為九月，由於前文珊卓提及想在春天遊大湖，故向作者確認後改為六月。

你餓不餓？

餓的話，我可以找地方停車。

不用，謝謝。

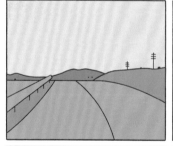

能見到你真好，我知道
在這種狀況講這話很虛。

幸好你還覺得你能投靠我。

對。

能有個人在家作伴也不錯。

嗯。

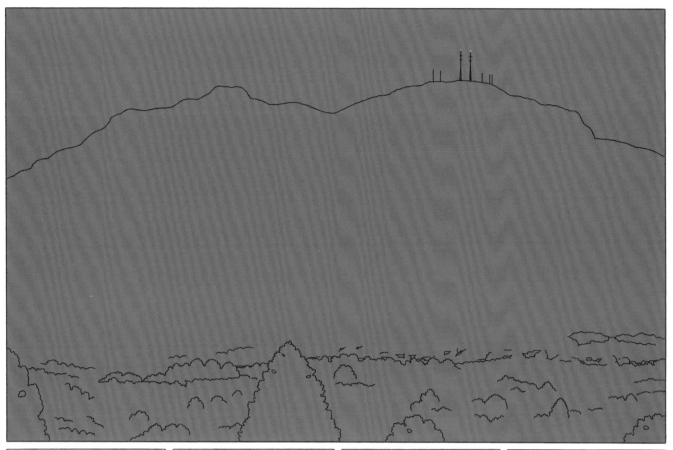

那座是夏延山。[3]

北美防空司令部在六〇年代蓋的設施，就在那裡。

深處有個核戰碉堡，裡面有自助餐廳、便利商店、健身房、禮拜堂，能抵抗全面核武攻擊。很奇怪吧？

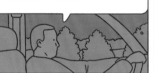
嗯。

記得這首歌嗎？

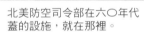
PLAY

我過十二歲生日時，你燒這片單曲精選集送我。我聽說你要來，趕緊找出來預備。

我神經太粗了，抱歉，老兄。我們沒必要聽這個。

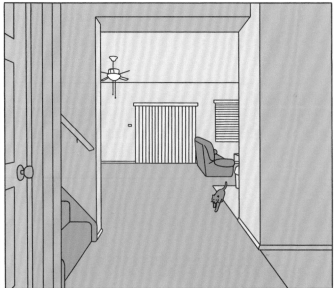

到家了。

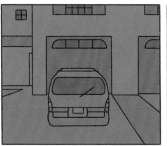

嗨，藍迪，快過來。

藍迪，這位是泰迪。
他想來我們家住一陣子。

你怎麼沒帶
行李？

我給你介紹環境。

對。我忘了。

呃⋯⋯你缺什麼儘管拿去用，
我無所謂。真的，連問我都可
以省了。這週末，我可以帶你
去選購一些東西。

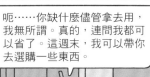

不好意思，
我家裡吃的東西不多。

我們可以去店裡買你要的
東西，回來擺著。

你就隨意吧，別見外。
看看電視也行，隨便你。

你累了想睡這裡的話，
這沙發滿舒服的。

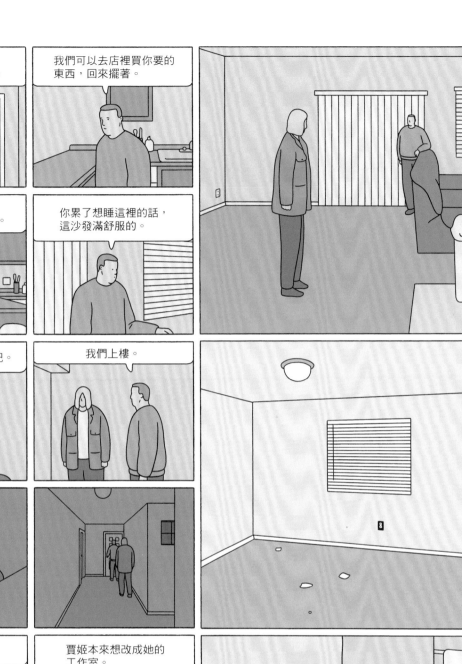

另外呢……大概就這樣吧。

我們上樓。

這一間是備用臥房。

賈姬本來想改成她的
工作室。

你想用這間做什麼，
都隨你便。

這間是你的浴廁。

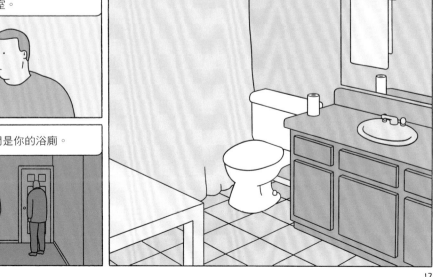

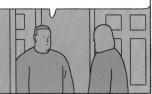
抽屜有一些盥洗用品留給你用。另外需要什麼再告訴我。

這間是洗衣間。

我房間在這裡。

想穿什麼儘管拿。

謝謝。

我把不客氣的話說在前頭，禁止進入的地方只有這一間。

我完全不介意你來我家住，我只是特別在意私人領域。

瞭解。

感激。反正裡面也沒啥好看的。

我該準備上班了。

幸好長官准我半天假。我騙他說有急事。

這間給你住。

告訴你一聲，我上班時間是禮拜一到五，每天從下午四點到半夜十二點。

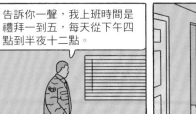

本來是西喜的房間。

我們可以清走一些亂七八糟的東西。

她們走後，我只把她的東西全塞進這裡。

嗯。

我好一陣子沒進這間了。

好吧……

我急著出門，很抱歉，不過我是真的不去上班不行。

好。

對了，我有東西想給你看。

我覺得甚至能讓你安心。

我只是想先攤牌。

你對槍械
有什麼意見？

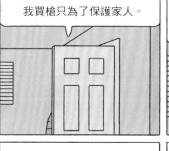

我買槍只為了保護家人。

假如家裡出事，你趕快叫我，
由我來搞定。

槍被我鎖進行李箱，
藏在這衣櫃裡，
鑰匙隨時在我身上。

我只是要你知道，
假如誰敢亂來，
我家有完善的保護。

好。

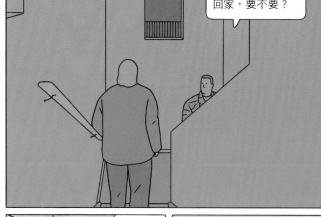

我下班幫你帶東西
回家，要不要？

不用，
謝了。

你自個兒在家，不會有事吧？

對。

好吧，
那…

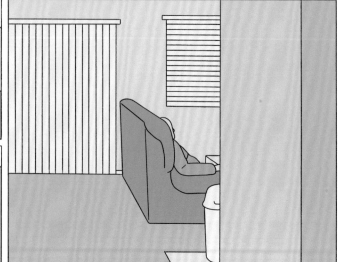

一切都會順利的。

回頭見。

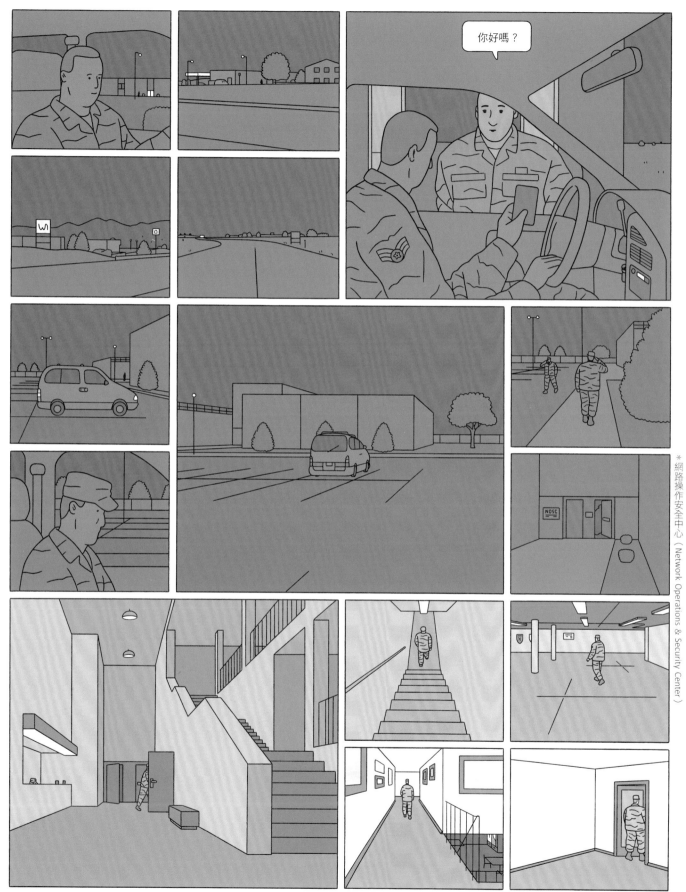

＊網路操作安全中心（Network Operations & Security Center）

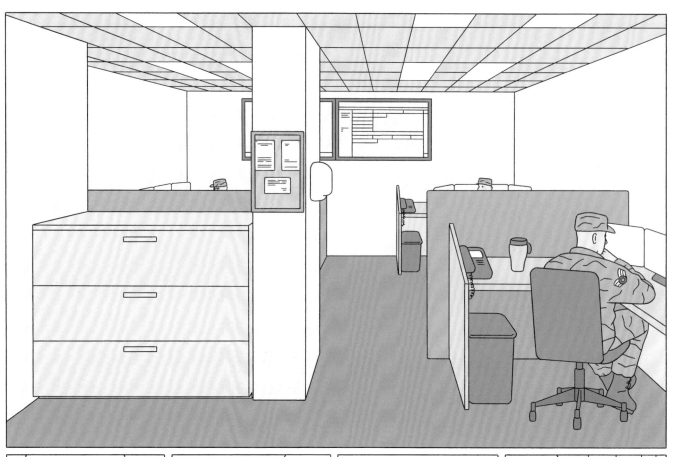

 嗨，沃貝爾。

 嗨。

 你好，卡爾文。

 嗨，賽門。

 進度到哪了？我得快馬加鞭趕上。

 我們應付得過來。今晚狀況其實滿清淡。

 喔，好。害你們忙了，抱歉。

 沒關係。我還以為你今晚不會來上班。

 史密斯士官長准我半天假。

 我的掛號被女醫生延到下午。

 不是什麼大病。檢查一下而已。

喔，沒關係。

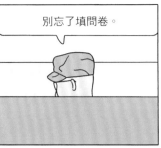

別忘了填問卷。

那就好。

對喔，謝了。

晚安，沃貝爾士官。

國防部健康評估審核局
心理健康調查
科羅拉多州彼特森（Peterson）空軍基地

日期：2017 / 9 / 11
姓名：卡爾文・沃貝爾士官

	2-4	4-6	6-8	8-10	10-12
你昨晚睡眠幾小時？	○	○	●	○	○

	0	1	2	3	4+
你昨晚飲用幾杯含酒精飲料？	○	○	●	○	○

	1	2	3	4	5
心情好壞的程度若分為一至五等級，一是不佳，整體而言你心情是：	○	○	●	○	○
以一至五等級評量壓力多寡，五是沉重，目前你感受到的壓力為：	○	○	●	○	○

你目前是否感到憂鬱或有厭世念頭？　Y ○　N ●
如果是，請說明：＿＿＿＿＿＿＿＿＿＿

私生活是否正影響到你的職務？　Y ○　N ●
如果是，請說明：＿＿＿＿＿＿＿＿＿＿

你是否想與臨床心理學家約談？　Y ○　N ●
附加感想：＿＿＿＿＿＿＿＿＿＿

晚安，努南士官。

晚安，賽門士官。

嗨，達爾曼。

你怎麼來了？

史密斯士官長准我半天假。因為我掛號看醫生。

怎樣？有新聞能報給我聽嗎？

看你想聽什麼樣的新聞囉。時事？悲傷的？趣聞？名流八卦？

趣聞吧，拜託。我想笑一笑。

趣聞…趣聞…有了。我上週末找到的。你聽聽看。

標題是：「A片也搞置入行銷？」

曾以藝名克莉絲·泰勒活躍於成人電影界的女優，日前藉個人部落格披露，自二〇一四年起，知名廠商斥資數千美元，暗中在洛杉磯成人電影製片商「沉船寶藏」公司的色情片裡，進行置入性行銷。

泰勒指名數家家用品廠牌，聲稱品牌主動找上片商，並在協約中規定片商嚴守機密。

疑似參與幾齣置入性行銷的A片導演馬龍·威狠似乎佐證泰勒的說法，以語帶曖昧的推文暗示：「看樣子紙包不住火了。」

「沉船寶藏」公司的《蜜糖兔女郎》一片中，有一幕明顯可見「一清為快」清潔劑品牌，對此，生產該品牌的薩拉托加化學製品公司發言人聲明，該公司「絕無參與此類型約定。產品未經允許遭人盜用，本公司不排除提出法律訴訟。」

泰勒並未在部落格說明她為何揭穿這件所謂的陰謀，但她明確表示不齒色情產業，並表示她的心願是旅遊、繪畫、撰寫一本自傳。

差不多就這樣。

滿怪的。

我以為你會找個YouTube搞笑片之類的。

有空再聊吧。

再聊。

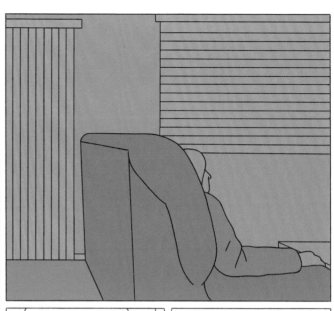

不陪你了。
我該繼續辦正事了。

可惡。

哪裡不對勁？

腳踝癢得很，煩死了，
怎麼抓都沒辦法止癢。

呃，怪事。

搔搔背，腳踝就不癢了。

再癢下去，我快抓狂啦。

啊。舒服多了。
你碰過這種事嗎？

有啊，像心因性
搔癢症。

搞不好我只是腦筋快秀斗了。
下班時間到了沒？我等不及了。

哈哈。

喂，卡爾文。

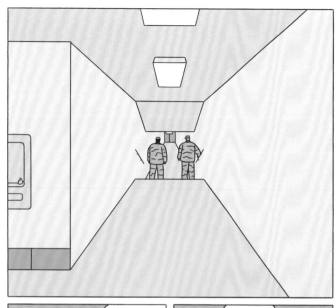

告訴你，他們急得像
熱鍋上的螞蟻。

我能
怎麼辦？

什麼事？

上禮拜五我請你喝兩罐啤酒，
所以你這禮拜欠我幾支菸。

他們休想把任務丟給我。
什麼屁話。

我老婆真善的弟弟諾豫
來我們家住一陣子。

禮拜六我載他們到派克斯峰
（Pikes Peak）山頂玩。
你去過嗎？我的媽呀。

別的不說，她弟弟啊，
完全不通英文。

另外呢，我上山才發現，
我有懼高症。

上山的路沿著懸崖拐彎，沒有
護欄。我想給他留下好印象，
所以拚命假裝淡定。

他們倒是玩得很爽，我都快
嚇破膽了。他們看見山羊和
老鷹，我卻努力忍耐，以免
吐得稀哩嘩啦。

我好想開下山，可惜路
太窄，沒法子調頭。被
卡死了！

回家的路上，我敢說，
他一直講韓文，一定是
在糗我。

你剛為什麼說你今天遲到？

因為我去看醫生。

今晚要不要去你家打一局電玩？

糟糕。唉，今天不行。

真的？太可惜了。真善想陪她弟弟，「恩准」我出去玩。你為什麼不行？

兄弟，我今天累垮了，回家想倒頭就睡。

不夠意思喔，老兄。昨晚我跟凱利為了闖進十一關，狂打了幾鐘頭，你知道嗎？

有時候我覺得，你根本不想再和老死黨鬼混。

太扯了。天下比我更死忠的人沒幾個。

勿絕望

這台脾氣喜怒無常，
只要你奮戰不懈，
它一定找零給你。

哈哈，誰寫的啊？

康諾？

沃貝爾？

喔。嗨，史密斯士官長。

啊。

嗨，你十二點下班嗎？方便在十一點四十進我辦公室一下嗎？

好。

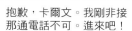

受訓員飯廳—1968

抱歉，卡爾文。我剛非接那通電話不可。進來吧！

海富爾士官長今晚下班了，我們可以進這裡商量。

呃。

關於「特案調查處」[4] 的職位，你考慮怎樣？我想瞭解一下。

喔。

塔克上校又問到你的事了。他還是認為你是最合適的人選，叫我問問你的心意。

我覺得光榮無比，真的。

這是個重大的抉擇，我知道。

退伍後有很多私事等我處理，實在沒辦法。

嗯，相信他告訴過你，特調處的職位一簽下去，至少三年。

　4 美國空軍特案調查處（Air Force Office of Special Investigation），創立於一九四八年，又簡稱 AFOSI 或 OSI。

我知道。
他找我解釋過簽約的大綱。
講句老實話，有點恐怖。

怎麼說？

我為你感到遺憾。
不過，從軍難免要
犧牲小我嘛。

我女兒已經四歲了。一簽下去，
我要搬家去維吉尼亞州，外派
到天涯海角一去就是幾個月，
還不准聯絡家屬。我不曉得我
辦不辦得到。

我老婆和女兒搬去佛羅里達
娘家住了。明年春天退伍，
我想搬過去，就近跟她和解。
如果她還要我的話。

我只要求你慎重考慮。這是個
更上一層樓的機會。如果你想
走「職業」軍人的路線，這位
子能開啟很多契機。

何況三年幹完，你一退伍，
想做什麼全由你作主。

不過你可要記得，
危機能通向轉機。

呃…我真的要再好好考慮一下。

我完全能諒解。
我不會逼人太甚。

對了，你今天白天在忙什麼？
你說你有個老朋友也遇到危機，所以來投靠你？

對，伊利諾州來的老朋友。他碰到怪事了。他女朋友失蹤了。

失蹤？
怎麼一回事？

不就是大家常聽到的那種可怕的事嘛。她有天出門，就沒有再回家了。

唉，
不妙。

離他們同居的公寓一條街外，有監視錄影機甚至拍到，她在正常時間朝公寓的方向走回去，之後就人間蒸發。

怪事。是什麼時候的事了？

一個月前。

對啊。

他精神崩潰了，結果他爸媽問我能不能接他過來住一段時間。雖然我們高中畢業後就很少聯絡了，我照樣回說「包在我身上」。

糟糕。

拉老友一把，值得嘉獎。

不要講出去，可以嗎？
我騙弟兄說，我去看醫生。

沒問題，不過，我真的覺得沒必要瞞著你的空軍弟兄。

唉，對不起。我只是不想在辦公室召開小型記者會。

弟兄可說是願意挺身為你擋子彈。我相信他們跟我同樣關懷你和你朋友。
說不定他們能幫忙。

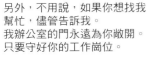

另外，不用說，如果你想找我幫忙，儘管告訴我。
我辦公室的門永遠為你敞開。
只要守好你的工作崗位。

謝謝，艾德。
感恩。

對了，失蹤女友叫什麼名字？
我想留意這新聞。

薩賓娜‧蓋羅。

案情沒有新進展。
新聞全是上個月的報導。

只有家屬為她在臉書架設一個
新頁面，沒有別的新聞。

出去時順便帶上門，
可以嗎？

我會為她祈禱的。有最新消息
一定要通知我，好嗎？

好。

祝你晚安。

達爾曼，
你別想溜。

我們一票人全想去凱利家
打電玩。你的心意變了沒？

沒有，我真的不回家不行。

有件事我非去找士官長商量不可。
我會去凱利家跟你們會合。

別掃興嘛，卡爾文。不想打一打
《黑色行動》（Black Ops）嗎？

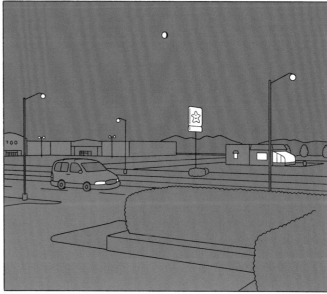

不了。我個性比較偏《戰爭世
界》（World of Warfare）。

嘿。

我帶了美食回家。

今天好累。

嗨，
藍迪。

你應該吃點東西。
我用盤子盛給你吃。

附近只有這家披薩還像樣。
自稱「芝加哥風味」，哈哈。

我買的啤酒叫「開跑！叛逆
淡啤酒。」我自己還沒試過。

我這人見微釀啤酒眼開。
我喜歡這品牌。包裝很酷。

這盤給你。

謝謝。

餐巾。

唉。

國中有個同學習慣午餐前禱告，記得嗎？

雷·拉蒙第。

對～不曉得他現在怎麼了？

嗯，滿好吃的。

對呀，還不賴。

記得瓦克絲老師教的歷史課嗎？

我們變成所謂的「真朋友」，就是上歷史課那一天。

你常默默坐最後面。

那天老師放美國獨立戰爭的錄影帶給我們看。
裡面有個汽水廣告，你看了抓狂。

我只記得你用海豚音大叫，「這裡是學習的場所，我不願意被廣告洗腦！」

哈哈。

沒人懂你幹嘛氣成那樣。
我只覺得笑死人了。

對，我記得那天。

總之，我下午開車去上班的路上想到那件事，忍不住呵呵笑起來。

那是什麼？

喔～兩年前跟一群朋友一起去刺的。

酷。

我從沒想到自己會變成紋身男。

最後一次帶家人去墨西哥坎昆（Cancun）度假時，我在旅館酒吧認識一個退休中尉。

他看見我的刺青，請我喝一小杯，結果整個假期都跟他和他老婆混在一起。玩瘋了。

到現在還有聯絡。

很不錯。
自己的袍澤兄弟會。

可以說是吧。

嗯。我好愛這披薩。要不要再來一片？

不要了。

我去換個衣服，馬上回來。

你看～跟我保證你不會糗我。

什麼衣服？

購物頻道賣的那種可穿式毛毯啦。

本山人每夜怪癖，很可悲吧？

看起來還不錯。

哈哈，才怪。
辦公室耶誕慶祝會送的搞怪禮物。不過，可恨哪，這東西傻里傻氣，我卻每晚穿不厭。

抽不抽菸？

好。

這棟自用公寓禁菸，管他的。規矩總有破的一天。

你打算什麼時候搬家？

四月。所以，你真的想的話，甚至住到四月也行。你有規畫嗎？

對。我想多多接近女兒。我不是那種每月只寄贍養費了事的爸爸。老子才不幹那種事。

不過，講句老實話，我不曉得賈姬到底要不要我搬過去。

我們那天晚上不是通過電話嗎，記得吧？

沒有。

有兩個弟兄明年退伍也想搬去佛羅里達，我們考慮合夥成立一家保全公司。

我還以為你們相處還好。

沒關係。我也沒規畫。

咦，你不是打算搬去佛羅里達？

對啊，我也以為。

我們好久沒聊了，大概好幾年沒聯絡了吧，不過當時你剛搬去和薩賓娜同居，聽起來滿幸福的。

當時我以已婚男的身分，教你怎麼和女友共同生活。我還以為我們聊得滿痛快的，掛電話後還充滿自信，也為你高興。

沒想到，隔天她就提議跟我離婚。嫌我神經粗，冷漠無情。她說中了，我猜我辯不過她。

嗯。

很遺憾。

啊！

啊！這附近有廁所嗎？

轉角有。

整個月下來，我每餐都吐。

我對上帝發毒誓，如果歹徒被揪出來，我一定宰了他。

我是說真的。我一定宰了他。

如果歹徒死了…她也死了，我乾脆自殺算了。我說的是實話。

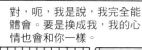

對，呃，我是說，我完全能體會。要是換成我，我的心情也會和你一樣。

對。

想不想看電視？

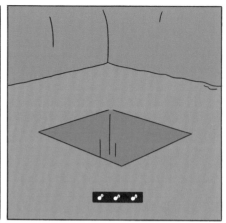

[肅穆配樂]

>> 歡迎您繼續收看夜間新聞特別報導。
>> 九一一攻擊事件十六週年了。

>> 記者來到事發現場,如今已改建為九一一紀念館和紀念碑。六年前,也就是事件十週年當天,這裡首度開放給民眾參觀。

>> 在這片幽靜的綠洲,民眾前來哀悼、致敬、憑弔,聚集在兩大座倒映池邊。池塘建在世貿中心雙子星大樓遺址的地基。

>> 由於二十週年近在眼前,主辦單位暗示將在這裡舉辦現場音樂會,以紀念二十週年。

>> 親屬在現場獻花獻旗,向已故親人致意,情緒錯綜複雜。

>> 事件過了這麼久,我難以相信。
>> 信不信由你,我那時候才小四。

[街頭噪音]
>> 現在我在自由塔裡上班。

[肅穆配樂]

38

>> 在紀念博物館裡，記者下到地底七樓，垂直深入雙子星大樓的地基。

8:46

>> 參觀博物館的路線，能生動還原事發當天的景象和聲響。

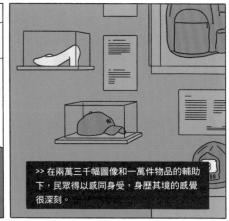

>> 在兩萬三千幅圖像和一萬件物品的輔助下，民眾得以感同身受，身歷其境的感覺很深刻。

NO DAY SHALL ERASE YOU

互古記憶絕無抹滅你的一天——古羅馬詩人維吉爾

SE YOU FROM THE MEMORY OF TIME
Virgil

>> 這面牆裡，保存了大約八千件身分不明的人體殘骸。

>> 我姊死在一七五號班機上。那份哀慟每天長留在我心中。

>> 我們的目的是向當天的亡魂致敬——包括英雄、消防急救人員、無辜受害者。

>> 我們希望，民眾參觀後能更加重視人命，能更明白每條人命都寶貴，都不能被遺忘。

>> 九一一事件爆發後，我們所知的人生永遠變了一個樣。我們的責任是保存那一刻，好讓百年後的子孫省思。

>> 這是一個神聖的場所。是歷史的一部分。

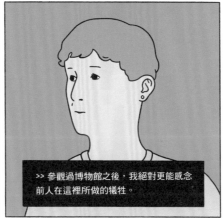

>> 參觀過博物館之後，我絕對更能感念前人在這裡所做的犧牲。

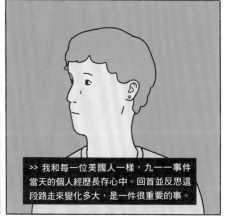

>> 我和每一位美國人一樣，九一一事件當天的個人經歷長存心中。回首並反思這段路走來變化多大，是一件很重要的事。

39

5 Drew Peterson（1954-），為伊利諾州退休警察，於二〇一二年被控告謀殺第三任妻子凱撒琳・莎維（Kathleen Savio），與涉嫌第四任妻子史黛西（Stacy Ann Cales）於二〇〇七年的失蹤案。

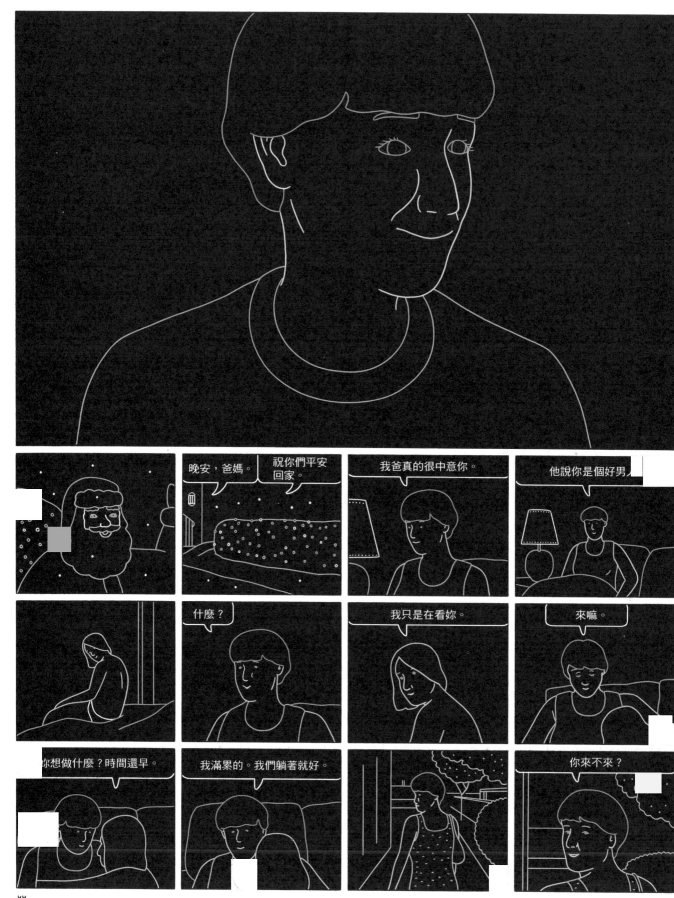

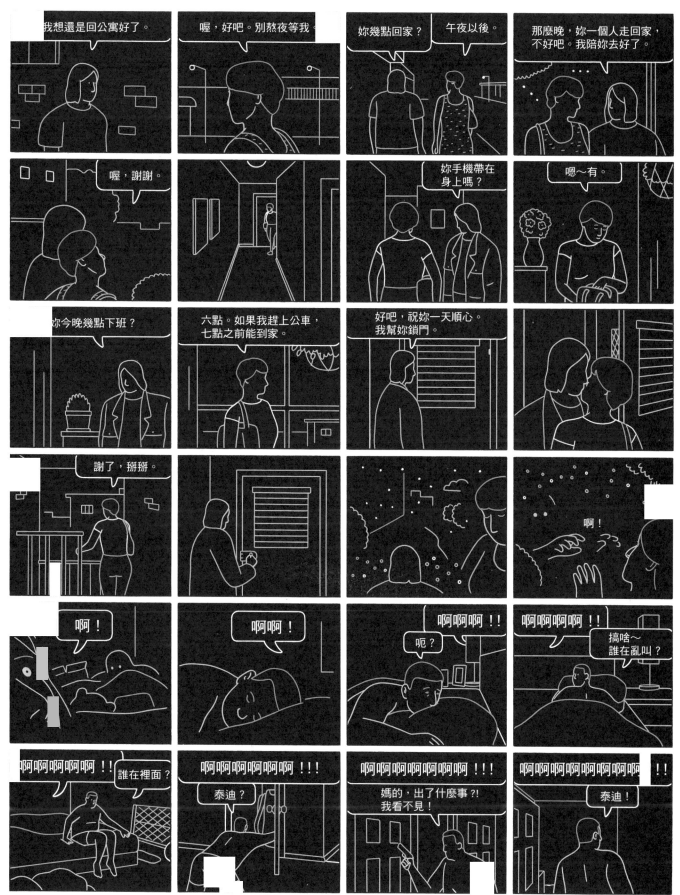

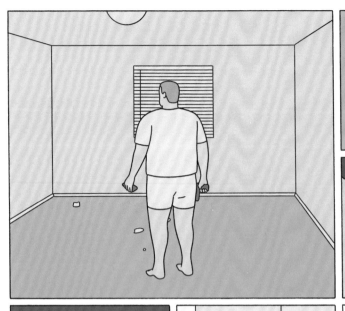

喂？

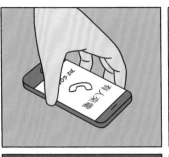

你是卡爾文·沃貝爾嗎？

什麼事？

可以找泰迪聽電話嗎？

我……呃……不確定他去哪裡了。妳是哪位？

天啊。我的天啊……

鎮定一下。妳是什麼人？

我的……唔……天啊！

妳到底是誰？！

唔……我叫珊卓。我是薩賓娜的姊姊。

天啊。很遺憾。妳有什麼事嗎？

是……唔……

糟糕。

有人寄信到我爸媽的地址。

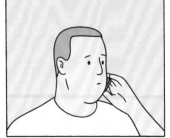

裡面是薩賓娜的公車卡。

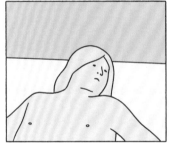

 國防部健康評估審核局
心理健康調查
科羅拉多州彼特森空軍基地

日期：2017 / 9 / 12
姓名：卡爾文・沃貝爾士官

| | 2-4 | 4-6 | 6-8 | 8-10 | 10-12 |
| 你昨晚睡眠幾小時？ | ○ | ● | ○ | ○ | ○ |

| | 0 | 1 | 2 | 3 | 4+ |
| 你昨晚飲用幾杯含酒精飲料？ | ○ | ○ | ○ | ● | ○ |

| | 1 | 2 | 3 | 4 | 5 |
| 心情好壞的程度若分為一至五等級，
一是不佳，整體而言你心情是： | ○ | ● | ○ | ○ | ○ |

| | 1 | 2 | 3 | 4 | 5 |
| 以一至五等級評量壓力多寡，五是沉重，
目前你感受到的壓力為： | ○ | ○ | ○ | ● | ○ |

你目前是否感到憂鬱或有厭世念頭？　Y ○　N ●
如果是，請說明： _____
_____

私生活是否正影響到你的職務？　Y ○　N ●
如果是，請說明： _____

你是否想與臨床心理學家約談？　Y ○　N ●
附加感想： _____

嗨，泰迪。

你找到西喜最愛的一本書。

餓了沒？

不餓。

呃……

那封信，我真的不知道
該從何說起。

很可怕。
我反覆一直想個不停。

天啊。

搞不好是個好現象。
信寄來之前，大家都有
最壞的打算了。

我也不知道。

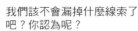

我們該不會漏掉什麼線索了吧？你認為呢？

什麼意思？

我也不知道。
我們假設這事件是單純的綁架或勒贖。有比較複雜的因素也說不定。

你想講什麼？

我的意思只是，我們不曉得到底發生了什麼事，所以公車卡還不太能代表什麼意義。

希望如此。

哇，你的嘴唇裂得好嚴重。你整天沒喝水嗎？

絕對是！看看派蒂・赫斯特[6]不也被綁架，一年多之後還活著。天下沒有不可能的事。

大概吧。

來點汽水。

你還喜歡吃只加番茄醬的起司漢堡嗎？

對，謝謝。

這種小事，我的腦袋瓜能記十年，卻永遠記不住南北戰爭發生在哪一年。

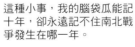

6 Patty Hearst（1954-），報業鉅子威廉・赫斯特（William Hearst）的孫女，於一九七四年被美國左翼組織共生解放軍綁架，十九個月後被尋回。

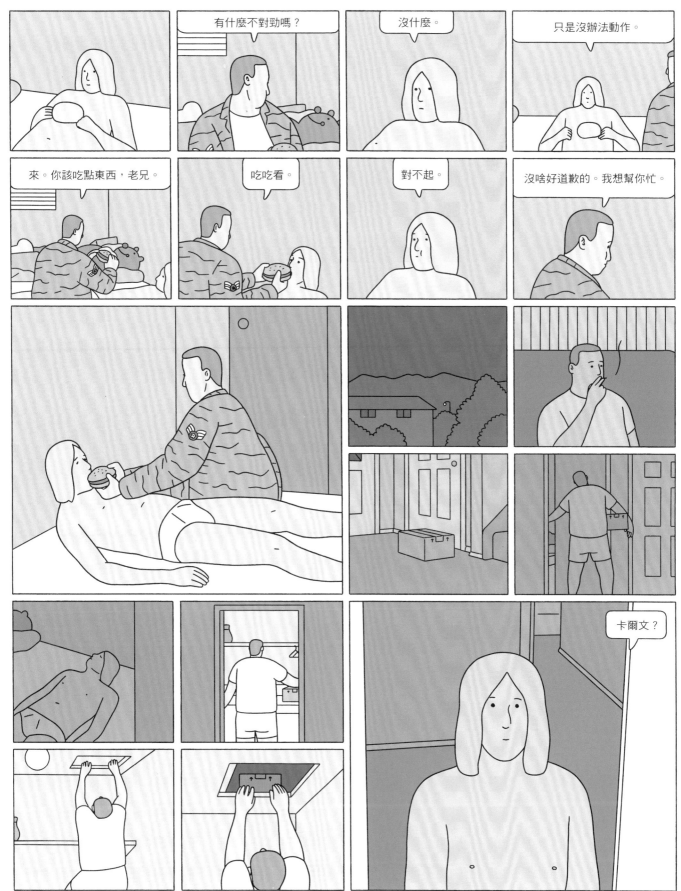

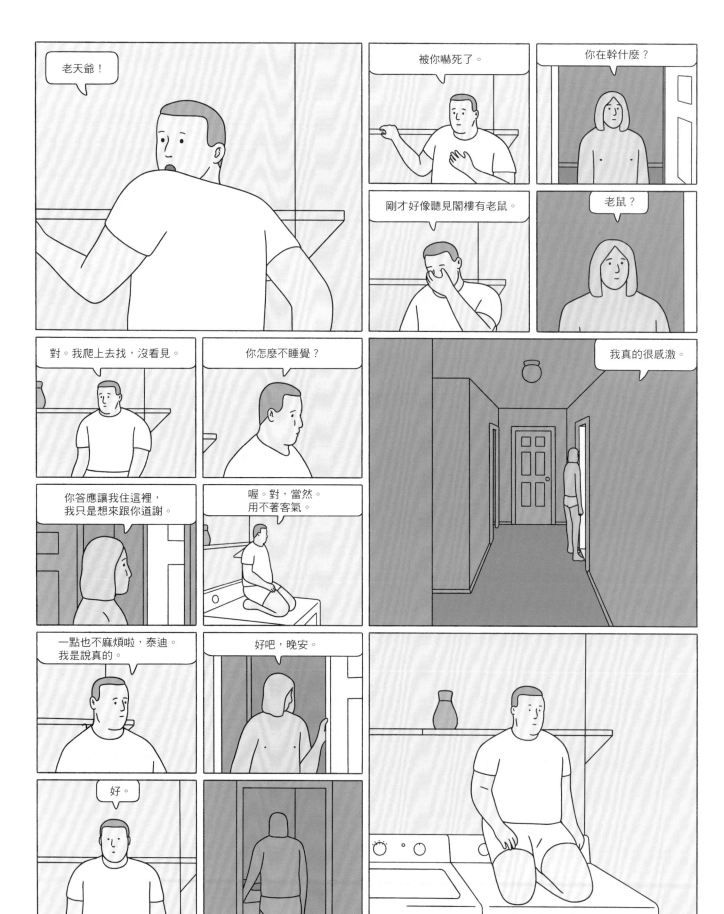

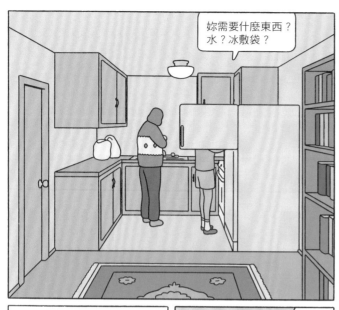

妳需要什麼東西？
水？冰敷袋？

這給妳。

妳手抖得好厲害。

醫生開藥給我。

吃藥有效嗎？

沒效。

這陣子有沒有人來陪妳？

我們坐下吧。
妳能待一陣子嗎？

可以。妳要我待多久都行。

明早我阿姨會來，
不過她兩點有事要走，
然後蘇珊下班之後
會盡可能過來坐坐。

另外有別人答應陪妳嗎？
我或許可以再來。

最後一次看見我妹，
她就是在爸媽家當
貓奴。兩天後，她
就失蹤了。

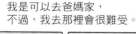

我是可以去爸媽家，
不過，我去那裡會很難受。

對。

對不起。我在這裡坐不住。我不知道該做什麼。

我是說真的。我不知道該做什麼！

天啊，我不知道該做什麼。

喂，過來我這裡。

坐地上。像這樣。

我們試一點東西。

背向後靠著我。

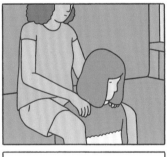

我不確定自己在做什麼。試試看再說。

好。
眼睛閉上。

雙手放在舒適的位置。

現在，深吸一口氣。

然後慢慢吐氣。

再來一次。

很好。

全心專注在吸氣吐氣。

空氣順著上半身流向腳底，有這種感覺嗎？

流到妳的指尖？

慢慢來，深呼吸。

一直吸氣吐氣。讓肩膀自然下垂。

每吐一口氣，感覺自己的身心向後沉。

好。接著，讓一個景色浮現腦海。

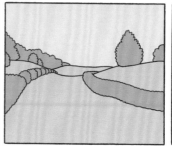

在那裡，妳覺得安全又祥和。

真實或想像的地點都行。

允許妳自己向前跨一步。

妳內心安寧。

感覺舒服的時候，就可以睜開眼睛。

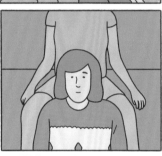

感覺怎樣？

呃…

我還是不知道該做什麼。

媽的，我不知道該怎麼辦……

希望這事快結束！

好了。 好了。

希望這事快結束！

好了。 好了。

結束！

啊，媽的。

天啊，媽的，該死。希望這事快結束。

嘘…

啊啊！

喔，老天啊。

我現在想自己靜一靜。

確定嗎？有必要的話，我能在這裡過夜。

對不起。我現在沒辦法跟妳坐一起。

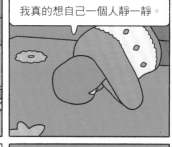

我真的想自己一個人靜一靜。

好吧。

妳明天可以 call 我嗎？

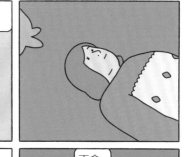

妳今晚不會做傻事吧？

不會。

送信時間。

謝謝，泰瑞。

鎮長記者會確認在今天下午兩點半。

他終於想宣布合併柏靈頓那片土地的計畫了嗎？

是有這種風聲。從巴徹勒墓園到葛倫高爾夫球場的那塊地。

太好了。我們明天就以這新聞做頭條。

要不要咖啡？

好。

早安，夢娜。

嗨，喬治。那個奶油酥餅，你吃了沒？配你那杯咖啡，很爽口喔。

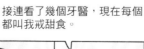
謝謝。可惜我不能吃。

接連看了幾個牙醫，現在每個都叫我戒甜食。

有個牙醫說，我有六顆蛀牙要補，還要做根管治療，然後做深度洗牙。

好慘。

所以我決定換個牙醫，結果新牙醫說我上當了，說我只有一顆輕微的蛀牙。

喔？

我拿這診斷回去跟原來那個牙醫報告，他居然說，這牙醫用同一種手法搶他生意好幾年了。

他還說，這牙醫的把戲是，故意讓病人的牙齒爛到需要花大錢動大手術才大賺一票。

真的啊？

現在我不曉得該聽誰的。去年我看過八次牙醫。這些人撈我錢撈上癮了。

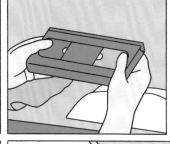

什麼東西？

不知道。從伊利諾州寄來的。

奇怪。

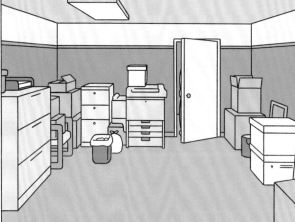

我們還留著卡匣式錄放影機嗎？

嗯，有。好像。我去後面找一找。

7 美國兒童節目。

我…呃…

…最好還是報警吧。

喂，我是《標竿日報》
編輯室的夢娜。

報社剛收到一卷錄影帶，
裡面拍到有個年輕女子
被人殺害。

是的。

不對，我不是。

我不知道。

對，可以派他們過來報社。

包裹外面有寄件地址。
你要不要？

伊利諾州北哈丁街
四九三一號。

沒註明市鎮。

謝謝你。再見。

呃……

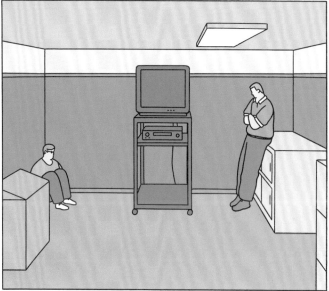

提米・楊西。
二十三歲。

從二〇一六年五月起，
租樓上這間公寓。

好。你對他瞭解多少？
請你告訴我。

這個嘛，
我不太常看見他。

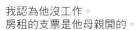

我認為他沒工作。
房租的支票是他母親開的。

我常聽見他走來走去。
有一次，他電玩的音量開太
大聲，我叫他關小聲一點，
他不理我。

我見過他母親。幫他搬進來
的人只有她一個。這是他頭
一次離開家。我記得這一點。

他租這公寓的期間，你記得
有什麼奇特的現象嗎？

有啊，我一直在想。
大概兩個月前，我半夜聽見
樓上有幾個人在講話。
差不多凌晨兩點吧。

不曉得這算不算線索。
我當時只覺得很怪，因為他
幾乎從來沒有客人。

你聽得見他們
談話的內容嗎？

聽不見。不過當時至少有
三個男人的聲音。

上個月呢？有沒有留意到
不尋常的現象？

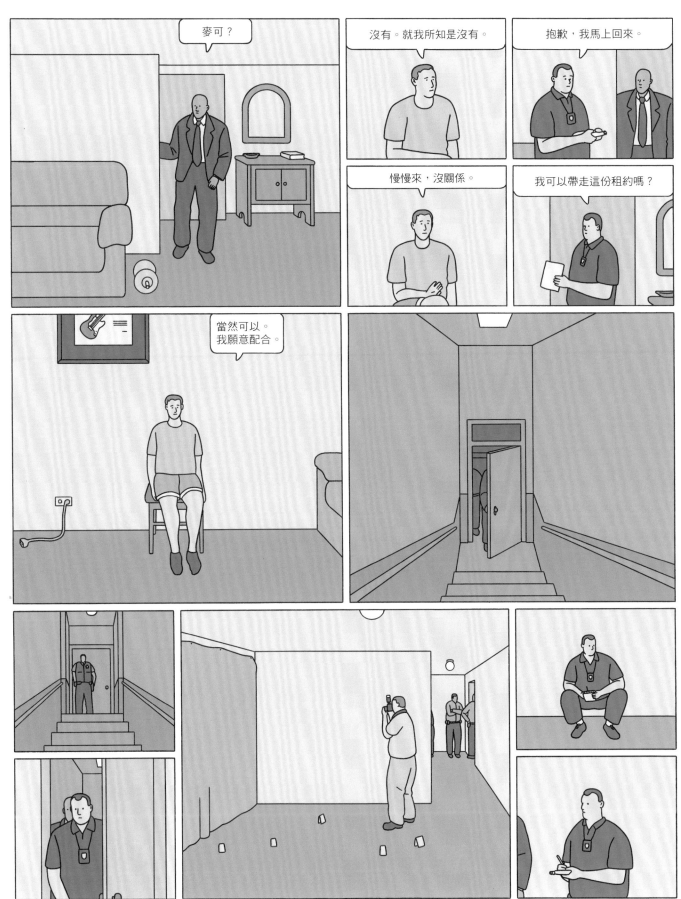

你狀況怎樣，沃貝爾先生？

我還好。

幾位警探從芝加哥搭深夜班機，剛到。

泰迪還好嗎？

打擊太深，他還沒鎮定下來。

警方正在偵訊他。

謝謝你跑這一趟。

我本來想，萬一薩賓娜遇到不測，向他報告壞消息的人最好不是我。

我已經盡量對自己做心理建設了。卻沒料到這種事。

唉……

唔……

我們談談你家發生的事。鄰居報警，以為你家有人快被殺死了。

我通知泰迪壞消息，結果他失去理智。

我盡量安撫他，他一直衝撞，我們兩個在客廳跳來跳去，把牆上的電視撞掉了。

你當時擔心他會對你不利嗎？

沒有沒有。我當時只是不知道他會做什麼傻事。他變得歇斯底里，好像中邪了。

鄰居聽見的八成是泰迪在喊「不要！」

瞭解。當時你認為他會自殘嗎？

不知道。我說過，他整個人抓狂了。

嗯，我有必要知道，你認不認為他有自殺的可能？他有沒有說什麼令人不安的話？

沒有，他沒講那種話。

你確定嗎？

確定。

讓他繼續住，你還覺得安心嗎？

對，我想還可以。他想怎樣隨他去。

好。一位警探想跟你談一談。你別走。

隨便妳。

75

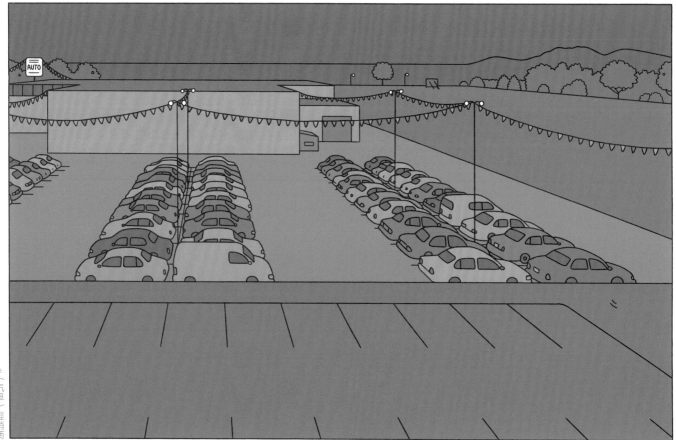

卡爾文？

我是柯雷格警探。

泰迪情況怎樣？

不好，老實說。
我們需要告知他幾項細節，
他一定會聽不下去。

真的有拍成一卷錄影帶嗎？

有，很遺憾。
而且其實不只兩三卷。

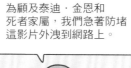

老天爺。

我們盡力追回所有錄影帶。
歹徒把錄影帶寄到全國幾家新
聞媒體，幾位地方政治人物也
收到了，芝加哥更有一個體育
播報員接到。

有家報社從錄影帶翻拍提米·
楊西的相片，登在報紙上。
不妨告訴你，我們氣炸了。

為顧及泰迪·金恩和
死者家屬，我們急著防堵
這影片外洩到網路上。

是。

泰迪‧金恩先生在你家住了多久？

差不多三個禮拜。

他在各方面的反應怎樣？

他話不多，多半窩在他房間裡。常在睡覺。進食量不夠，不過我有逼他吃東西。

他不講電話嗎？不瀏覽網路？

對。

他有沒有和家人通話？有沒有和薩賓娜家人通話？

好像沒有。我家只有一支電話，在我身上。

他有沒有說他離開芝加哥的原因？

沒有。

你認為他為什麼決定去你家借住？

不知道。也許他只想投靠一個不太親近的人吧？像從零起步。

講這樣不太貼切。我也講不清楚。他只想消失吧，至少目前這段時間，好像。

他在薩賓娜失蹤之前的交往情形，他有沒有提起？

不太多。不過只提好事。我想他是真心愛薩賓娜。

對。

案發地點在哪裡？

提米‧楊西的住處離薩賓娜公寓只隔兩條街，信不信由你。

媽的，少蓋了。

兇手只有一個？

照情況看，目前只有一個。我們還在深入調查。

我們正盡力偵訊他，想放他早點回去睡覺。
他受到的折騰已經夠多了。再過大概一小時，他就能跟你回家去。可以嗎？

可以。

我們明天還不會走。
我們可能想再約談他。
我名片給你，有需要
可以聯絡我。

如果你想伸伸腿、來杯
咖啡，休息室就在走廊
對面。

我待在這裡等他好了。

嗨，賈姬。妳好嗎？

西喜在嗎？
我想找她聊聊。

我？不太好。

我現在不方便談哪裡不好。
以後再解釋。

喔，對，不好意思。時間不
早了，我沒考慮到時區。

她平安嗎？
她現在是不是在家？

只是問問而已。

好。就這樣。

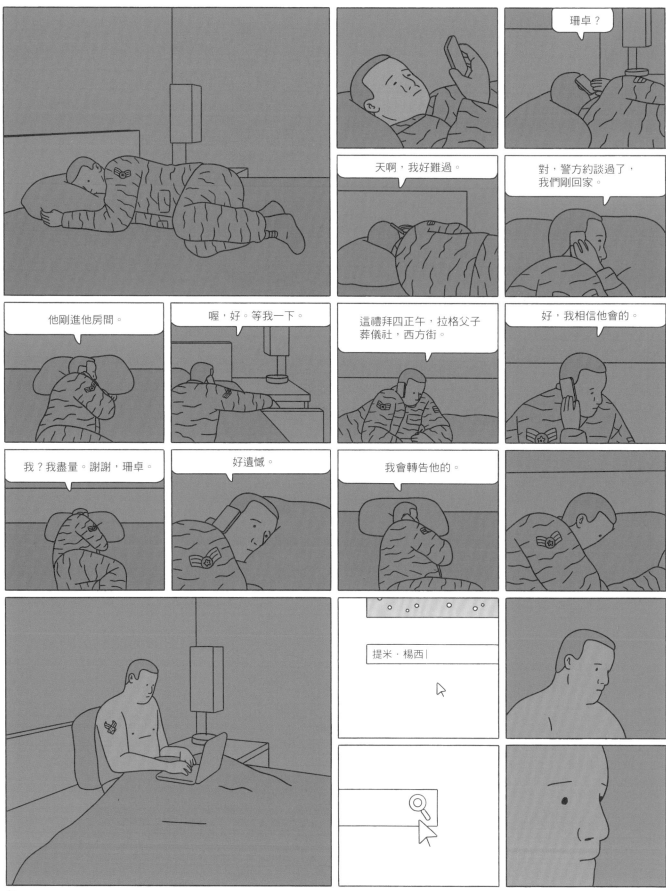

當紅新聞

2017 年 10 月 2 日
晚間 11 點 11 分

已知提米·楊西之事實

653 則評論 / 316 則推文 / 臉書分...

② 體重劇降，父母最後一次見到他時沒這麼瘦。可能遽減多達四十磅。

④ 楊西生前活躍於網路留言板，主題廣泛：健美運動、伸張男權、理論物理學和有機農耕，不一而足。據瞭解，由於他常貼冗長而惡毒的牢騷文，想主導討論方向，曾被幾個網路群組禁止貼文。

已取得超過三十卷錄影帶，懇求民眾若收到可疑包裹，應立即聯繫警方。

顯示評論

隱藏評論

欠揍鮑伯 44　　1:37AM
我非看這片子不可。
讚 101 / 回應

吉姆畢 866　　1:37AM
跪求連結
讚 79 / 回應

夯文
提米楊西
季後賽
鮭魚下架
薩賓娜蓋羅
復仇者聯盟

薩賓娜·蓋羅|

死者是二十七歲芝加哥居民薩賓娜·蓋羅……

……沒有明顯關聯
從八月起與男友同居
公寓計畫離開芝加哥
擔任志工因志趣而……

未尋獲明顯的自殺遺書，但在警方推估的死亡時間前幾小時，他在留言板留下疑似遺言的語句，列出他最愛的五十部電影，結尾寫著「就這樣。」

最熱門討論話題：

印第安納州西北部有位青少年隨機做善事，日前廣獲社交媒體讚賞，善行在網路瘋傳。

事情起源於波第吉鎮（Portage）居民貝絲．羅素帶么女佩吉去選購生日禮物。

兩歲大的佩吉走進玩具區，兩眼直盯貨架上的最後一個金髮娃娃。

她還來不及指給母親看，一位陌生青少年就上前來，問她是不是最愛這娃娃。她說她的生日快到了，真的很愛這娃娃。

青少年呵呵一笑，抓起娃娃就走。

幾分鐘後，青少年重回玩具區，腋下夾著一袋東西。他遞給佩吉的母親貝絲一張收據，從袋中取出娃娃，祝佩吉生日快樂。

貝絲一時語塞，片刻後，嘴巴才擠出感謝送禮的言語。青少年點點頭，微笑，離開。在他走遠之前，貝絲請他回來和佩吉拍一張合照。

那一夜，貝絲上臉書與朋友分享這件善事，也晒女兒和青少年的合照，希望有人知道這位好心人的姓名。

轉傳數千次之後，有人指出，這位青少年名叫森泰爾．羅傑士三世，就讀四年制的何瑞斯．曼恩（Horace Mann）中學四年級，目前是美式足球隊員。

貝絲再次向他致謝，因為整體而言，他對佩吉展現出這社會還有希望。

貝絲深盼，分享這事蹟能激發其他人在社會中行善。

「這位傑出的年輕人教導了佩吉一個人生大道理，我為此感激不盡。」

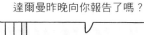

史密斯士官長？
我是卡爾文。

你有沒有看電視新聞？

有。

他在這裡。他還好吧，
我猜。

達爾曼昨晚向你報告了嗎？

我不假外出，想跟你道歉。

嗯。

感謝你。

我今晚可以留在家裡陪泰迪
嗎？我擔心扔下他一個人在
家。

謝謝士官長的好意。

我會隨時通報最新消息的。

泰迪？

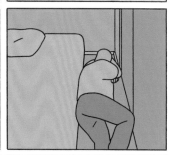

你還好
吧？

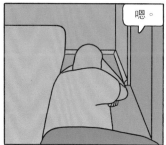
嗯。

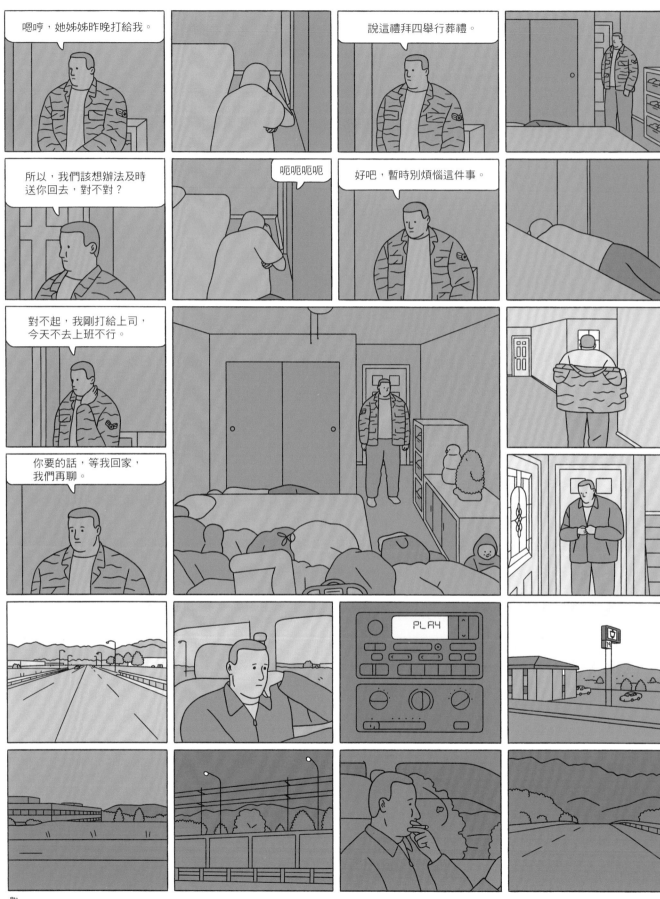

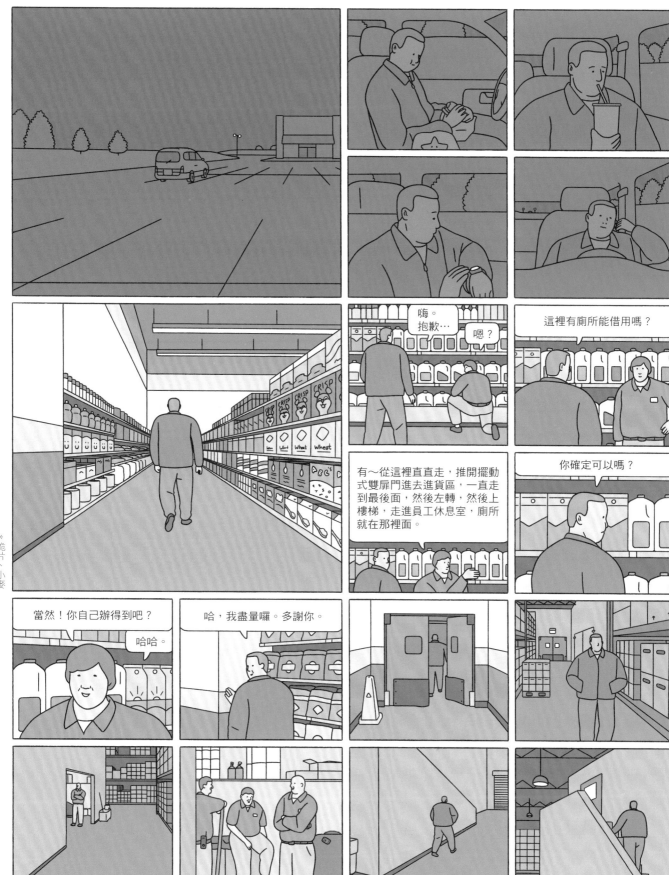

※脆片、小麥

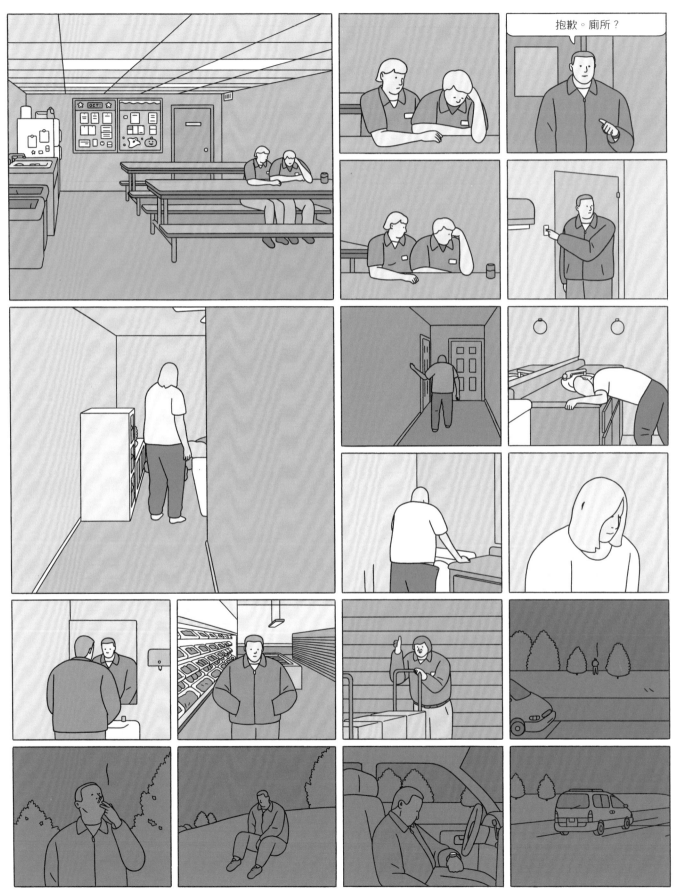

我們一起來正視事實。社會規範已經進入崩解的狀態，絕望了。

有人犯下一樁驚天動地的惡行，就害得全體民眾的一天少了一點幹勁，少了一點同理心。

我動不動發表聳人聽聞的末日預言。聽眾幾乎都對我有這份期望。但我除非親眼見到煙，否則不會大叫「救火啊」。

最近，我見到的煙多得不得了，這是比喻的說法，也是事實。

我們一直滿足於現狀，但是，不安全感、孤立感、怒氣卻濃得化不開。這股怒火能妥善駕馭，能疏通到正確的方向，我們卻坐視不管，對彼此發洩極度的挫折感。

幕後黑手深知這現象，懂得操作它，耍弄成威力最強大的工具。他們最大的威脅是團結起來的一盤散沙，所以他們非跳進來攪局不可，以隔絕我們這些個體，讓我們繼續猜忌，繼續展現敵意。所以，他們一手產製悲劇。他們施行欺瞞術。他們假造大屠殺慘案，謀殺無辜民眾。這是他們釋放的煙幕。

我們不能再忘情於毫無意義的章魚占卜術、金字塔、美鈔上的神祕符碼。壞人不會躲在斗篷裡面。他們榮登雜誌封面人物。

他們是想創造一個全球獨裁政權嗎？全球獨裁難道已經具體成形了？是或否，大概不重要。權勢階級霸占一切了。他們的唯一目標是確保我們乖乖別亂來。

我們的主子將逃進碉堡藏身，扔下我們去忍受無法想像的瘟疫和「天災」。前景茫茫啊。我並不是主張對抗。但是，如果有人攻擊我，我絕不退讓。有時候，我希望我不會活到那一天。

老實說，今天我情緒低迷了一天。播音的時候，我的口氣就算大膽，到晚上每當我睡不著，有時我會坐在門廊上啜泣。各位，世上的萬物都在悄悄溜走了。十年後，我家對面的玉米田將成一片廢土。

多數人似乎跟我有同樣的症狀。我回想起童年的生活品質。比較好吃的食品。比較好聽的音樂，景色比較蓊鬱。現在連蘋果的滋味都比不上從前。我們是踏錯了哪一步？

錯一定在某人身上。某人正在大手筆謀策中，正想大撈一票。我想剪斷鐵絲網，我想追查問題的核心，我想揭發陰謀者殺人的賤招——這才是我畢生的天職。

我宣揚的是完全合法、徹底合理的自由言論，卻被他們鎖定。假如各位哪天看見我被銬住，被押走，你們就能明白其中的蹊蹺。假如哪天我暴斃或「被自殺」，像陰謀論者比爾·庫柏或記者丹尼·卡索拉若[8]那樣，你們才會頓悟其中的蹊蹺。

今天，我母親過來陪她幾個孫女玩。對了，她帶來她烤的美式萊姆派請我們。真好吃！我最愛的點心。

她隔著廚房流理台看著我，對我說，「艾伯特？你腦袋裡在想什麼事？你老是在煩惱什麼東西？」

我說，「我的幼女活在一個變態世界裡。我無時無刻不為她們憂心。」

她說，「兒子啊，你站對了正義的一方。繼續做好丈夫和父親的角色就好。堅守你個人的信念。不要讓別人欺壓你。」

謝謝妳賦予我力量。我愛妳。

DING·DONG

do
op

8 Bill Cooper（1943-2001），美國電台主持人，常以陰謀論攻擊少數民族和同志，最後死於警匪槍戰。Danny Casolaro（1947-1991），美國自由撰稿者，揚言將揭發幾項陰謀，最後死於旅館浴缸，疑似割腕自殺。

＊街角咖啡廳、跆拳

謝謝。

嗨,大家好。

我只有簡短幾句話而已。

嗯,我讀國中的時候,認識一個名叫蜜雪兒的女孩子。

我好幾年沒想到她了。後來,有天我上網,發現所有朋友都在分享一篇文章……

Corner ◇ Cafe

抱歉,我不知道會有這種事。

沒關係。

想待下來嗎?或是想走?

坐一下吧,沒關係。

假如再看到她,我不曉得會對她講什麼。

我猜我該主動聯絡她吧。

不好意思,感謝大家聽我胡言亂語。

很好。

好，謝謝各位捧場。

每個月第一個星期三，我們會聚在一起，講故事給大家聽。

我們不預設規則。想講傷心事或趣事都行，也可以傾訴最深沉、最黑暗的祕密。

我的用意是開創一個場合，讓任何人能到場上台發言。我認為，現代人在疏離狀態窩太久了。

藉這機會，你我這種市井小民能分享想法。我認為這是個健康的抒發管道。至少對我而言是這樣，哈哈。

好了，下一位發言人是彼特。彼特？

謝謝！

我老闆是個徹頭徹尾的混帳。

他幾乎天天為了別人分內的事狂飆我。

我好想對他大吼：「責任不在我。」應徵時又沒規定歸我做。

話說回來呢，哼，我覺得他是個瘋子。哼，真的，精神失常或什麼的。

在職場上，我滿有人緣的。差不多是個耍寶王。

我想走了。

確定嗎？可以讓我陪妳走嗎？

不用了，謝謝。我想直接回家。

好吧。我愛妳。

我也愛妳。

哇！
哈哈

用衝的，要不要？

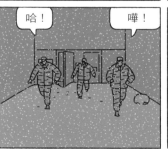
哈！
嘩！

達爾曼！快動腦筋！

喂！

看我對付他！

死吧！
哈哈

嘩！好冷啊！我投降！

回頭見。

祝你平安回到家！

我們抄捷徑吧。

歐瑪哈今天發生大新聞，你聽說沒？

唉，我懶得知道。

我已經進入麻木的階段，只覺得像「我不在乎今天有幾個人被槍殺。我受不了。」

那件事爆發之後才這樣。

泰迪的狀況怎樣？

你完全不關心新聞了嗎？

我們有一套互動模式。半夜下班回家，我會在他臥房門外留食品。通常是起司漢堡。就我所知，他常在睡覺，有時候出去散散步。

聽起來，日子過得滿爽的嘛。

我講錯話了。

兄弟，他女友被殺死了。

我知道，對不起。我的意思只是，他運氣好，有你這個朋友照顧他。

對，嗯，他正在調適。

這幾天，媒體有沒有聯絡你？

我接到幾通電話，記者想訪問他。不過，還沒有記者殺到我家。

被疲勞轟炸的是薩賓娜家人。我一直和她姊姊珊卓有聯絡。他們只在網路公布一份聲明，盡量忽視風風雨雨。

後來，好像才隔三天，水牛城發生重大槍擊案，報導重心就轉移了。

我看到歹徒的相片，那個姓楊西的傢伙。很難相信他做得出那種事。親手做。

哼，他就做了。

對，我知道。只是覺得很怪而已。聽說他連一台車都沒有。

我說過，這件事的報導我讀不下去。整件事是惡夢一場。

以前，上這班會讓我心煩，現在能離家來上班，反而讓我鬆一口氣。

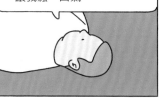

特調處的工作你考慮接嗎？

什麼？你怎麼知道？

對。我嘛，我聽說有這個缺，也聽說上級考慮找你，不過我本來以為你打算搬家去佛羅里達。

對啊，原本的規畫是那樣，不過最近和前妻通話。現在我變得不太確定。

怎麼了？

在我追問之下，她承認她其實不希望我搬去佛羅里達。這話題被她閃躲了好一陣子。

我本來希望破鏡能重圓，可惜她明顯不想和我復合。

很遺憾。

我們呢，其實也談到特調處的工作。我們的共識是，接那工作對我前途比較好。

喔。真的？

對。反正佛羅里達沒有工作等著我去接。何況，新工作加薪，對我給女兒的撫養費有很大幫助。

所以，目前我傾向接下那份工作。到時候再說吧。

對。

希望你別介意，我其實也在向史密斯士官長爭取同一個職缺。

我真的不是故意和你搶工作。印象中，你好像根本沒有爭取的意思。

而且，說實在話，反正我覺得你是比較合適的人選。

對，算了。別放在心上。

昨晚節目播出後，我獲得聽眾讚不絕口的電郵迴響，實在感激各位的支持。

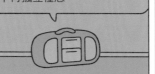
我樂見溝通管線暢通。我能感受到，這股民氣正逐漸凝聚。你我不再閉鎖在家中，不再孤立惶恐。

一個寂寞人，獨自敲著鍵盤，無力感深重。如果能把這些寂寞人全團結起來，就能聚合成一股不容漠視的勢力，力大能移山。

讓我們一起證明，我們能針對同一個目標團結一心。讓我們培養出一個包容的社群，擁抱關心的民眾以及存疑的守望隊。

我不認為我有什麼神權能幫大家代言。我只是提出一些點子給大家參考，發表我個人對世界的見解。我講的話似乎能引發聽眾共鳴。每次節目一播出，收聽率就上升。

我是不是一個典型美國人？更確切一點，我是不是一個典型的人類？希望如此。我無條件愛妻子和女兒，對她們保護心切，熱切到近乎野獸的本能。

我進門後幫後人按著門。我賞二十％小費。我絕不粗魯對待或藐視服務人員。他們領的是最低薪資，有家庭要養。

我不喜歡霸凌，隨處把好人當可有可無的小螺絲看待。這種霸凌遇到服務生或中小學老師，總是欺人太甚，逼得人差點斷氣。

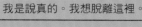

一天忙了十二個鐘頭，下班卻發現薪水被扣除一大半，福利制度等於是一無是處，基礎建設岌岌可危，他們還照樣趕我們上飛機，飛去撞樓。他們照樣派處決手進小學，殺害我們的子女。他們照樣在我們的飲食裡下毒，在我們的藥品裡動手腳。你不繳稅，他們也照樣押你進監獄。

我不喜歡被束縛的感覺。這種感覺就像你想跑出去玩，天真無邪，無憂無慮的，卻碰到一個大家長，被他攔下。我才不想被這樣對待。

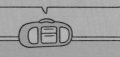

我是說真的。我想脫離這裡。

我們忍無可忍了。

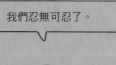

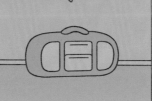

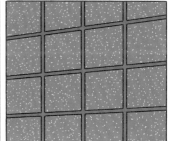

你最近心情怎樣？

生氣。

嗯。

對……

嗯，至少算健康。

積壓在心底不是一件好事，對吧？生氣表示你正在調適中，我猜。

我對所有人都一肚子火。

嗯，唯一真正涉案的人已經死了，所以至少…

什麼人？

每一個人。我自己。

他那種人多的是。

對，不過，對一般人發飆也不是辦法。

這狀況不是我自找的。她也沒做錯事，沒理由倒這種楣。

對，當然。

能把哀慟化為力量的人很多。說不定你天生註定在執法機關找到前途。

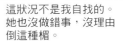

那我就不確定了。

不然，試試看慈善機構吧？幫助別人也許能讓你心情舒坦一些。市區就有幾個地方需要志工。

呵。

你可別想歪了，我不是想趕你走。

說正經的，我覺得，閉關太久對目前的你不太好。改天，我甚至可以帶你去和同事聚一聚。

嗯。

黑色星期五特價！

你上班都做些什麼？

我？職稱是所謂的邊界技術士（boundary technician）。

什麼意思？

國防部有自己的網路，對不對？透過這網路，敏感的電子資訊在全球轉來轉去。我負責尋找系統裡的弱點，更新防火牆，調查可能被駭的漏洞。

要是有精采故事講給你聽就好了，可惜我上班都坐在小隔間裡。我做的是辦公桌的工作，不騙你。

這樣而已？

有沒有飛過無人機？

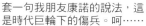

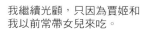

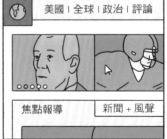

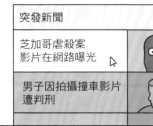

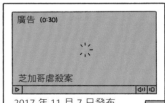

嗨。

喔。嗨，卡爾文。

怎麼了？

沒什麼。

想不想抽根菸？

呃，好，當然。我可以來一根。

我指的是，欽定人選一代接一代，傳承權力。上從法老王傳給國王，到現代傳給銀行老闆和主管。

路為他們鋪得平平整整，人生不過是奢華款的幼兒遊戲區。

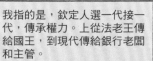

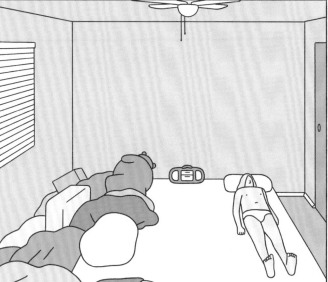

以前，農夫做的是沒意義的苦勞，看不見大環境，沒機會跳脫苦勞的循環。

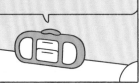

有位聽眾寄來關於荷蘭貝恩哈德（Bernhard）親王的題材，很耐人尋味，我想提一提。

現在，有電腦幫我們找資料。轉眼間，自古以來的鎮壓和騙局的節奏和模式，全部一目了然，令人看得心驚。

不過另外有件事，我有必要先探討一下。

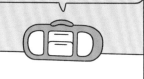

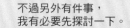

散布恐慌的運動
一次比一次下流，
最近又出新招了。

這其實非常合理。
有個無辜百姓，在美國街上，
走著走著就消失了，爆發虐
殺案，現在虐殺片正以每小
時大約五百萬次的速度被下
載中。

現在，你們全在問我，這代表什麼。這現象隱含
什麼東西？事情發生才一陣子，還沒辦法確定，
不過，據研判，這八成又是刻意製造出來的悲劇，
因為同一套手法的痕跡隨處看得到。類似的慘案
變得稀鬆平常，一樁比上一樁更駭人聽聞。我們
現在全徹底麻木了。感覺好像這些傢伙一個比
一個狠，拚命想博取更多關注。

這事件切中人心最底層的
恐懼，但也迎合看這東西
的變態欲望。

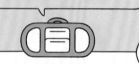

老實說，聽眾，現在你們
有多少人正在搜尋這影片？
我不得不佩服他們，他們
的確是催眠觀眾的高手。

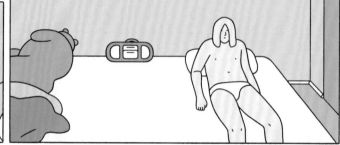

自從兩個月前這新聞爆發起，被消毒過的資訊就出現了。
我鼓勵所有業餘偵探精讀那些報導，尋找前後矛盾、訛誤、
扭曲的說法和大言不慚的謊話。只要你以酸民的眼睛仔細看，
一眼就能看穿。

一般而言，我認為，任何一
則報導的媒體只要和五六個
企業集團掛鉤，你就可以把
它歸類為虛構。

我還沒機會仔細研究這影片。
我改天會盡我的責任，我們能追查出一個結果。
這次，他們想傳達什麼？不要出家門？不要信任鄰居？
屈從於戒嚴令警察國家吧？

如果你願意相信官方說法，誤信一個無財無權的典型獨行俠，
會無緣無故在小公寓，綁架虐殺一個素昧平生的女子，那也
沒關係，誘餌儘管再咬大口一點。
我敢保證，事情背後沒有這麼單純。

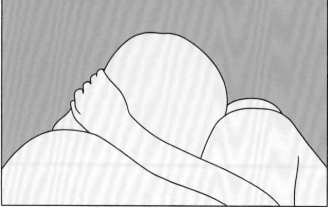

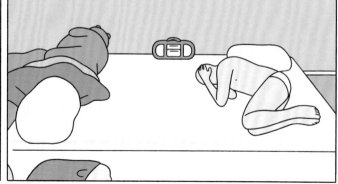

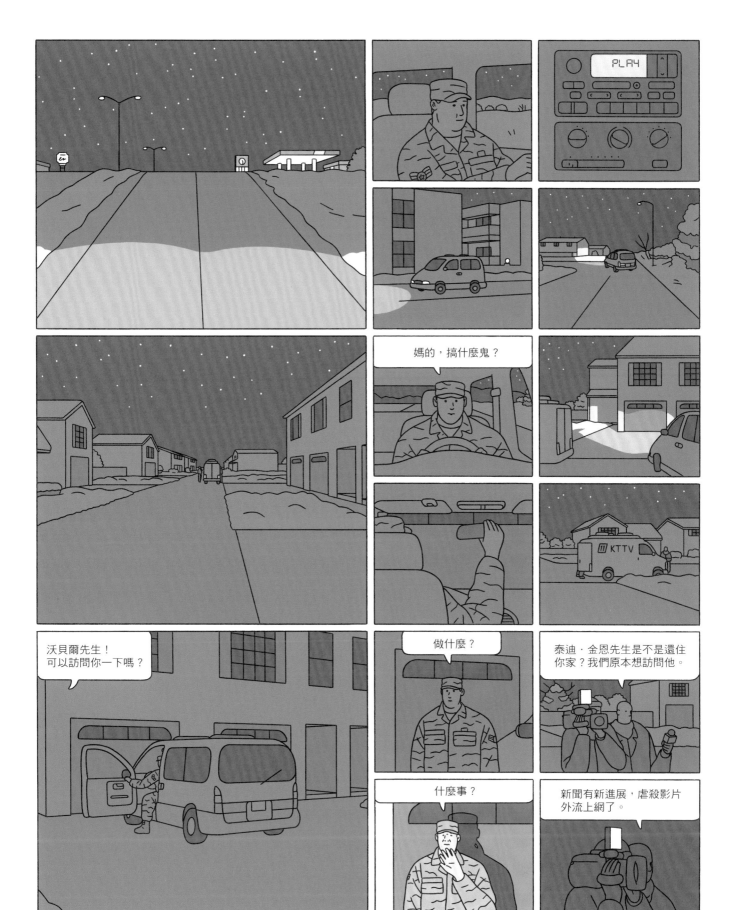

什麼？

金恩先生還挺得住吧？

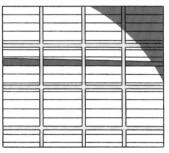

我，呃⋯

針對這情形，你能不能發表看法？

天啊。不行。我，呃⋯⋯

講一句話就行了，卡爾文，拜託。

我真的沒什麼話好說。

這樣吧，不如麻煩你去勸金恩先生，看他願不願意──

不要。我想進門。

你的看法是──

好。我心平氣和要求你們。請尊重我們的隱私。我甚至不知道你們為什麼訪問我。我連珊卓都不認識。

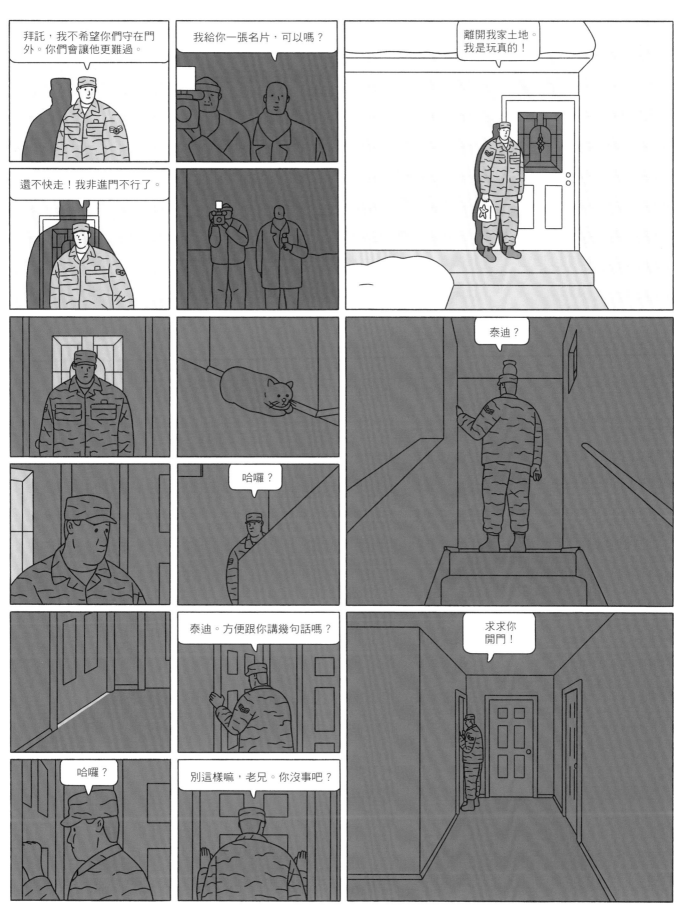

滾出去！

等一下……

我不想跟你講話！

對不起，老兄。

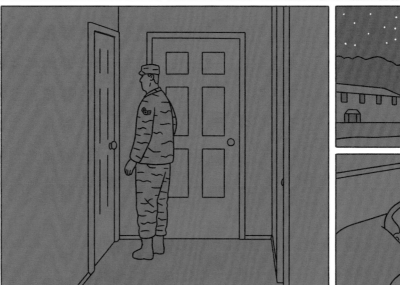

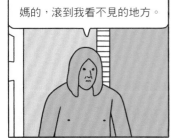

媽的，滾到我看不見的地方。

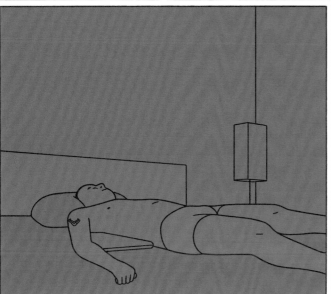

提米|

提米·楊西影片
提米·楊西外洩
提米·楊西父母親
提米·楊西體重
提米·楊西維基百科
提米·楊西面罩
提米·楊西騙局

面罩
裡面的人

查克·大衛·歐森報導
關注：@zdolsen

跳躍式瀏覽：

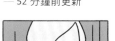

2017 年 11 月 7 日發布

芝加哥虐殺案親屬反應
— 52 分鐘前更新

芝加哥虐殺案死者胞姊情緒崩潰

>> 鬧什麼鬧！
>> 不要再鬧了！

>> 別再來煩我！

提米・楊西影|

提米・楊西影片
提米・楊西外洩
提米・楊西影片下載
提米・楊西影片完整版
提米・楊西影片串流
提米・楊西影片壓縮檔

ZIPSHARE

馬上下載！

等煩了嗎？

升級！

廣告

下載完成！

嗚呼！

點選
開啟

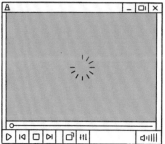

113

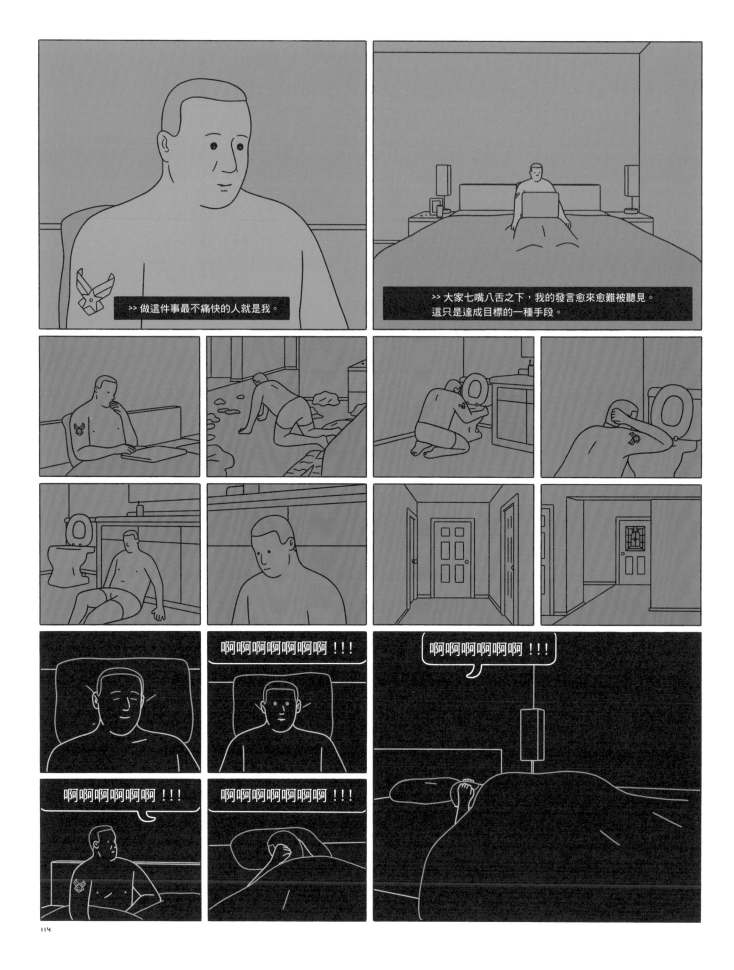

好，節目開始。
歡迎各位收聽。

最近天氣明媚乾爽，空氣清新。希望大家都和我一樣盡情享受。

閒話不多說了。大家心裡都只有芝加哥虐殺影片。

主流媒體宣稱，這是近幾十年國內最變態的隨機虐殺事件。網路盛傳謠言和臆測。我們全都在搜尋其中的意義。

我和許多聽眾一樣，看片看得反胃排斥。畫面是不折不扣的駭人聽聞。但是，聽眾一定要抗拒這種當下的反應。別讓他們操控你的情緒。試著以解剖甲醛青蛙的方式解析。

有些惱人的疑問值得深思。據報導，提米·楊西死時體重只有一百一十磅。影片裡的男人看起來像一百一十磅嗎？

錄到一半，他按停，而且好像在跟鏡頭外的某人講話，為什麼？是一個精神異常年輕人的胡言亂語，或者是兩個人質臨終的最後一刻？

我也懷疑，既然他渴望藉殺人留下臭名，為何還用面罩遮臉？難道是因為兇手另有他人？

另外值得一提的是，影片中的批判言論，很多摘自他以前在幾個網路論壇裡的發文。既然已經貼過文章了，他何必老調重彈呢？因此我相信，他的演講稿是別人寫的，好讓觀眾以為是他在自彈自唱。

我開門見山好了：
我完全不相信薩賓娜·蓋羅被提米·楊西殺害。
那支影片怎麼看都缺乏可信度。我不信那種事會發生。

就我們所知，薩賓娜還活著，只是被束縛住，下落不明，另一種可能是，她是化妝逼真的演員，以掩飾真實身分。此外，還有一種可能，世上根本沒有這個女人。我們知道軍方電腦製圖科技先進，十年後才會公諸於世。

也許罪大惡極到無法理解的勢力確實殺害了名叫薩賓娜·蓋羅的女子。我只是不認為名叫提米·楊西的男人涉案。

等風波平息過後，這影片註定成為我們又永遠無法解釋清楚
的古物。發生一椿悲劇，我們忙著解讀，忙到一半，又發生
另一椿悲劇。這種事為什麼層出不窮？是誰在對我們搞這種
鬼？要是我能一把掐死他們就好了，好讓你我能平心靜氣開
創烏托邦。也許，在人類滅絕後，高等生物會翻找我們留下
的垃圾，懷疑手足為何相殘。

事件不會無緣無故發生。
每一條新聞全和穿插其中的廣告一樣，
全是精心製造出來的產物。有一條是房價新聞。
有一條新聞是重大槍殺案。有一個抗憂鬱症藥物的廣告。
等到你願意認清這些模式，你或許再也無法睡得安安穩穩了。

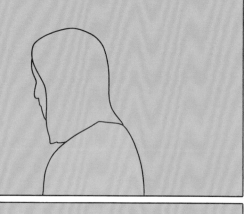

未知的恐懼，死神可能在最安全的地方奪命，他們利用這種
必要元素，搞得民眾疑神疑鬼。不信，你思考一下。
過去這幾年來，我們見到槍擊案發生在小學、電影院、教堂、
醫院。其他場所也幾乎每一種都有。楊西事件不正像踏著同一
條路線往上走嗎？

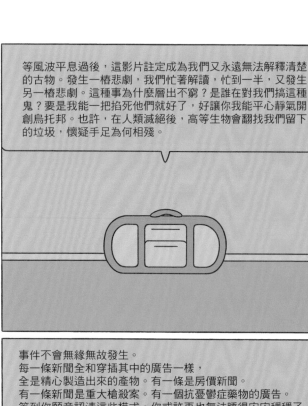

影子政權無惡不作，無所不用其極，罪行總在事後才公開，
例如祕密戰爭、違法監聽、操控心智實驗等等。
如果殺一兩個老百姓有利推動他們的計畫，他們會反對嗎？

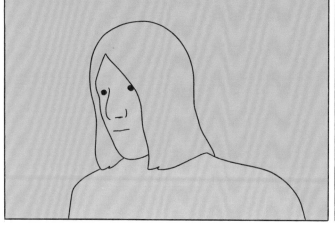

這些政府人員充其量是一批照聘書行事的員工，只關心職場
前途和名譽而已。假如你基於道德因素反對執行任務，你不
但會砸破飯碗，房子拱手讓人，更可能小命不保──你能怪
這些人遵命做事嗎？換成你，你的作法會不一樣嗎？

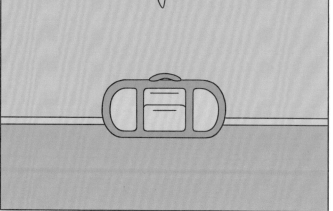

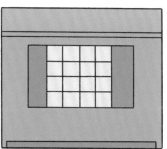

✉ 撰寫郵件　　✓

收件匣（233）　!

星號標記
重要
寄件匣
草稿

🔍 卡爾文·沃貝爾|

卡爾文·沃貝爾假的
卡爾文·沃貝爾演員
卡爾文·沃貝爾露餡
卡爾文·沃貝爾泰迪·金恩
卡爾文·沃貝爾訪問
卡爾文·沃貝爾臉書
卡爾文·沃貝爾空軍
卡爾文·沃貝爾提米
卡爾文·沃貝爾 YouTube

搞什麼鬼？

🔒 https://www.irontruth.blogs...

鐵 證 真 相

報 導

人民是擋不住的！

芝加哥虐殺案謊言破功
——演員念錯詞

騙局差點得逞了。

可惜的是在數位時代，陰謀者唬不了我們。昨天浮現網路的影片顯示芝加哥妙齡女子慘遭蒙面男殺害。

女子的同居男友至今仍未出面，據說已從伊利諾州逃離，前去投靠友人，而且這友人居然是空軍。

該名友人是卡爾文·沃貝爾，昨晚於住家門外被記者逮到。記者問他對薩賓娜·蓋羅案有何看法，他顯得煩躁而敵意沖沖。

廣告：

觀賞：

觀賞：
破功：陰謀者講錯台詞

觀賞：
>> 我連珊卓都不認識！

觀賞：
……說啥？？
???????

這人顯然是個騙子。
假如死者名字沒講錯，
這騙局或許能成功。
勇氣可嘉。
珊卓是死者的姊姊——
布局是這樣沒錯。
稍後詳述。

我懷疑他是在幫誰。
你認為這個山寨冒牌貨
演員拿了多少錢講台詞？

騙子！　騙子！

總共 77 則留言

匿名者
誰去宰了這個
「卡爾文·沃貝爾」啊。
2017 年 11 月 8 日 7:02PM 回應

JP
贊成。

羅德尼
冒牌貨！你死期到了。
你的謊話被我們看破了，
我們會去你家放火，燒得
你跑出來。
2017 年 11 月 8 日 9:11 回應

山米
我絕不向主子低頭。
我絕不會嚇得縮頭。
我絕不被人操縱。

馬克 C
我沒那麼笨，這騙局唬
不了我。屁話一堆。
保持警戒啊。>:-(
2017 年 11 月 8 日 10:59 回應

匿名者
比爾你又打了漂亮的一
仗！老哥，謝謝你一直
賣命:)
2017 年 11 月 8 日 11:00 回應

隆諾
男子漢就應該有自我主
張，要能站出來，讓大
家聽見。
要講求效果。
要排斥所有形式的權威。
要姦淫掠奪，在街上橫
衝直撞。
我愛這網站有話直說！
再飆吧！
2017 年 11 月 8 日 11:31 回應

喂！入夜以後，
小公園禁止蹓躂。

瞭解，對不起。

你住這附近嗎？

是的。轉個彎就是我家。

我只想出來透透氣。

喔。
嗨。

小公園關閉了。請你回家去。

當前新聞

芝加哥虐殺案後，「嫁禍」陰謀論滿天飛

記者茉‧歐康諾報導
2017 年 11 月 8 日

每次一有血腥事件鬧得沸沸揚揚，總會引來一股異議，另類詮釋也風起雲湧。

少數義正嚴詞的人士相信，每一件重大慘劇的背後必有全球陰謀的黑手在操縱，小至名人去世，大至九一一恐攻和無辜女子虐殺案，無所不包。

桑迪胡克小學槍擊案[9]中，歹徒一人擊斃兒童二十名和成人六名。事後，部分死者家長遭人騷擾，小孩被誣指為根本不存在，家長也被誣賴是領錢演戲的演員。

讀者或許認為，這可歸類為邊緣人的極端言行，但現在，你如果上 Google 搜尋「桑迪胡克」，最上一條提示是「假的」。這股歇斯底里風正在蔓延，原因眾說紛紜，各方的意見不一而足。

薩賓娜‧蓋羅案也不例外。虐殺影片上網不過幾小時，陰謀論網站紛紛斥之為一場騙局，聲稱該影片「顯然是以聲東擊西術散布恐懼氣氛。」

路易斯維爾市（Louisville）有一家電視新聞誤報楊西公寓發現第三具屍體，隨即立刻更正並道歉，陰謀論者抓住這個小辮子，認定這是騙局的鐵證。

薩賓娜‧蓋羅同居人的朋友卡羅文‧沃貝爾昨夜於住家外被記者攔訪，情急之下講錯死者名字，也被陰謀論者認定是一場詭計。

陰謀論的問題在於，你無法跟這些人理論。任何一件事實，只要不符合另類詮釋，一概被斥之為謊言或假資訊。避不出面，等於是默認。死者親朋好友若非演員，就是被鈔票封口。

歹徒楊西背景最令人不安的一點是，他生前似乎支持這一類激進陰謀論。我們現在得知，他每天收聽艾伯特‧道格拉斯的電台節目，時常在該節目的留言板貼文，對主持人構思的想法表示支持。

有一網站居然哀悼楊西是無辜的替死鬼，只因他生前活躍於陰謀論圈，網路發言踴躍而遭鎖定。該網站同時也醜化薩賓娜‧蓋羅和家屬，指稱他們是陰謀的局內人。

今早，死者胞姊珊卓‧蓋羅報案，聲稱有一男子質問她吐露虐殺案的真相，否則將對她不利。死者男友至今未公開發表言論，也有人對他發出類似的威脅。

儘管堅決反政府，楊西卻對軍隊懷有一份異樣的嚮往，童年的他沉緬於二次大戰歷史，常說他但願活在大戰期間，也想赴戰場。他甚至有意從軍，但被母親勸退。

波斯灣戰爭期間，電台主持人艾伯特‧道格拉斯曾服役於陸軍。到了九一一事件、美軍侵略伊拉克後，他才對陰謀論萌生興趣。擔任郵差的他在二○○四年被資遣，從此踏進廣播界。

在電台節目中，每隔一段時日，他會預測世界末日即將來臨，聲稱多數恐怖攻擊事件是政府一手導演的騙局，用以剝奪美國民眾的自由，以利加強槍支管制立法，因此吸引為數眾多的聽眾收聽。

有些文字工作者和學術界人士聽信這一類陰謀論，例如佛羅里達州立大學教授哈利‧德雷克。他曾要求槍擊案受害兒童的父母出示死亡證明書，因而遭解聘。

你另外還想點什麼嗎？

不用了，謝謝妳。

再過二十分鐘，我們就打烊了。祝你晚安。

---

9 二○一二年發生在康乃狄克州桑迪胡克（Sandy Hook）小學的槍擊案。

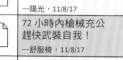
至 交

· 薩賓娜·蓋羅人在哪裡？
· 這些人到底存不存在？ =

????

*啤酒

卡爾文·沃貝爾難道是
演員蓋瑞·普拉茨？

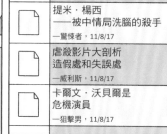
全球新秩序運動中，
情境喜劇過氣男星爆紅

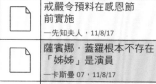

艾伯特·道格拉斯
電台秀

論壇	熱門話題

小論壇：

芝加哥虐殺… 文章：6,790 則 最新：1 分鐘前	911 文章：847,303 則 最新：64 分鐘前
中情局 文章：111,660 則 最新：1 天前	祕密社…… 文章：716,318 則 最新：2 天前
媒體 文章：227,682 則	武器 文章：136,650 則

提米·楊西
——被中情局洗腦的殺手
—驚悚者，11/8/17

虐殺影片大剖析
造假處和失誤處
—威利斯，11/8/17

卡爾文·沃貝爾是
危機演員
—狙擊男，11/8/17

薩賓娜·蓋羅還活著！
你一定不信！
—今生，11/8/17

看我的片子100%證明！
按讚／發言／訂閱
—陽光，11/8/17

72小時內槍械充公
趕快武裝自我！
—舒服椅，11/8/17

戒嚴令預料在感恩節
前實施
—先知夫人，11/8/17

薩賓娜·蓋羅根本不存在
「姊姊」是演員
—卡斯曼07，11/8/17

蓋羅家屬通訊資訊
和住址
—疑問，11/8/17

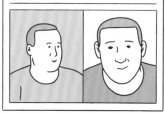
✉ 撰寫郵件 ✓

收件匣（313）ⓘ

星號標記
重要
寄件匣
草稿

有真相，你將海闊天空

寄件人：傑森·里奇蒙　2:16 AM
收件人 ▣ 我

嗨，卡爾文，

我不知道你在掩飾什麼，也不知
道他們怎樣對付你，但我堅持請
你加入我們，一同打一場酣暢的
戰爭。

趕緊揭穿陰謀，以免後悔莫
及。反正你總有一天難免一
死，為何不當個史上最偉大的
美國英雄？你握有大無比的力
量！你難道看不出來嗎？

你擔不擔心你女兒西喜未來的
世界？她住在佛羅里達州坦帕
市，木槿路二七〇一號，郵遞
區號三三六三七。和你老婆賈
姬住一起。這世界好危險啊。
請為所應為。我乞求你。

早日見
真相戰士 敬上

122

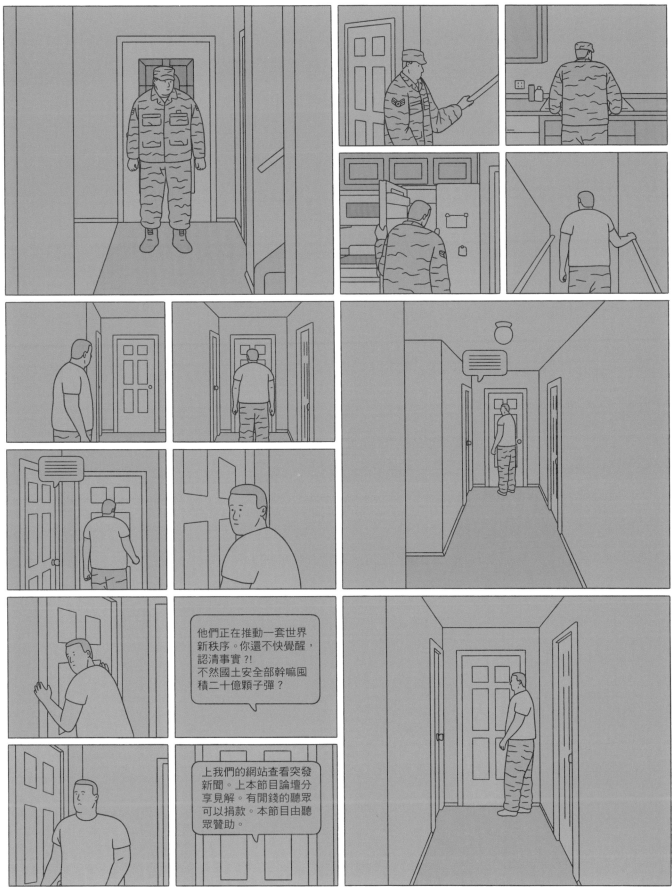

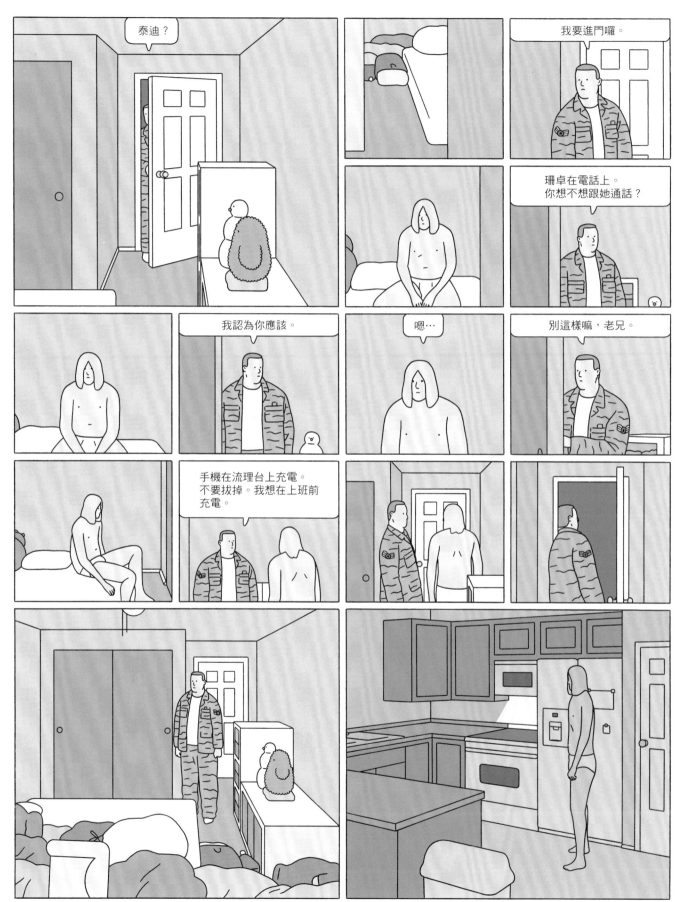

珊卓？

泰迪？

沒事。

嗨。

你在那裡忙什麼？

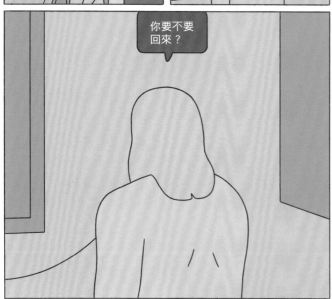

你要不要回來？

不知道。

哼，你欠我和我爸四百元，因為你走後，我們幫你把東西搬進倉庫寄放。

喔，對。謝謝。我會還妳的。

你的東西想怎麼處理？我們可不願意一直幫你墊倉庫租金。

妳可以把所有東西捐給救世軍嗎？

你為什麼不回來自己處理？

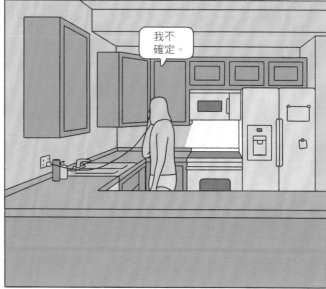

我不確定。

對……我會。

什麼時候？

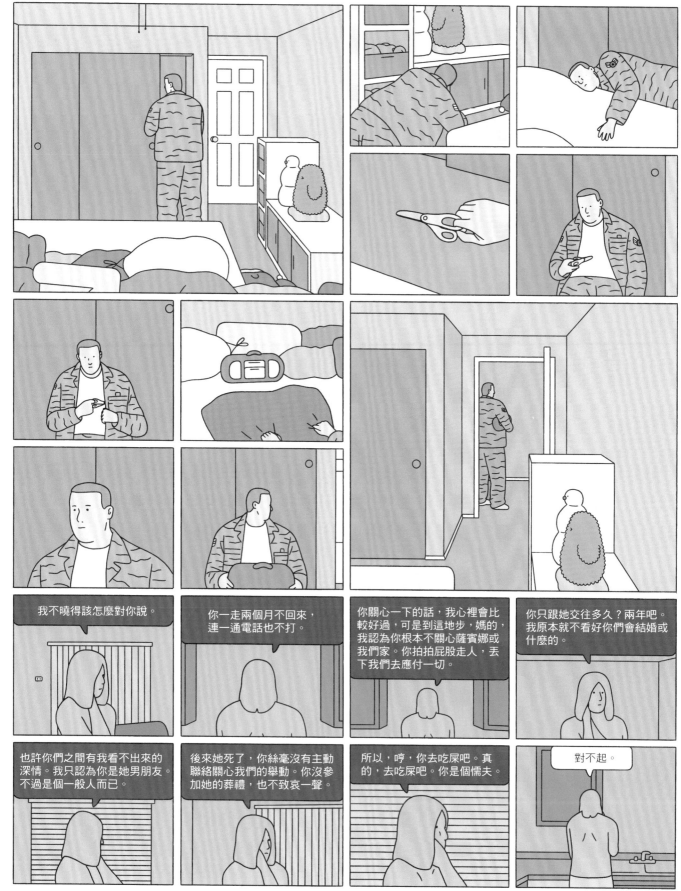

我不曉得該怎麼對你說。

你一走兩個月不回來，連一通電話也不打。

你關心一下的話，我心裡會比較好過，可是到這地步，媽的，我認為你根本不關心薩賓娜或我們家。你拍拍屁股走人，丟下我們去應付一切。

你只跟她交往多久？兩年吧。我原本就不看好你們會結婚或什麼的。

也許你們之間有我看不出來的深情。我只認為你是她男朋友。不過是個一般人而已。

後來她死了，你絲毫沒有主動聯絡關心我們的舉動。你沒參加她的葬禮，也不致哀一聲。

所以，哼，你去吃屎吧。真的，去吃屎吧。你是個懦夫。

對不起。

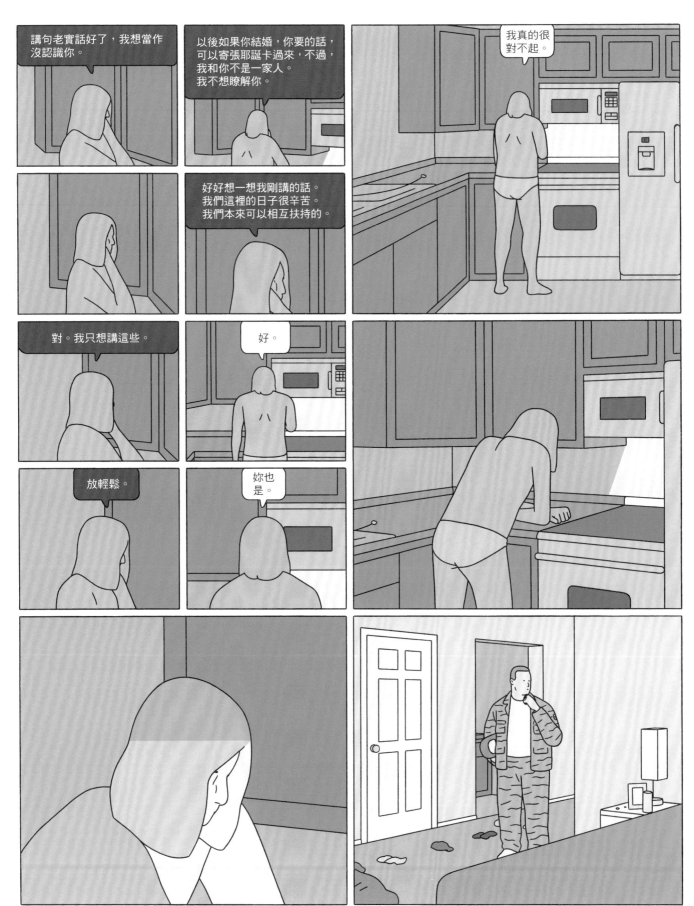

我該走了。晚餐想不想吃點
特別的？

不想。

哈囉，沃貝爾士官。

嗨，蔻特妮。

你好嗎？

還好。

風波這麼大，你挺得住吧？

還可以吧，我猜。

我想講的是⋯⋯

嗯，那就好。

對。

喔，聽說康諾·達爾曼去應徵特調處的工作。

是嗎？

對。我替他加油。你不久後就要搬去佛羅里達了，對不對？

大概。

嗯，我只想跟你打聲招呼。希望你狀況還好。

謝謝。

抱歉。

對不起。

撰寫郵件 ✓

收件匣（631）

星號標記
重要
寄件匣
草稿

好消息

寄件人：傑森・里奇蒙　4:50 PM
收件人 ▣ 我

嗨，卡爾文！

我找到這篇文章，你讀看看。耐人尋味喔！希望你一直在思考我昨晚寫給你的建議。

你的朋友
真相戰士 敬上

夏威夷以南一千哩外是美屬帕邁拉環礁（Palmyra Atoll）。

這裡是二次大戰海軍駐地，大部分屬於民間，直到二〇〇〇年，美國非營利團體大自然保護協會（Nature Conservancy）才以三千萬美元收購。

從此，為數不多的研究小組人員輪流駐紮島上。當地無居民定居，也缺乏重大建設，海軍鋪設的道路也全被雜草淹沒，無法通行。上述是這座遺世熱帶天堂的表面故事。

真相並非如此。

該島其實是「黑色地帶」[10]，是個美國政府建立的黑牢。我去過，所以我知道。

我曾搭機從洛杉磯飛澳洲雪梨，服藥後昏昏沉沉，時睡時醒，聽見廣播醒來，得知飛機即將在夏威夷以南的飛機跑道緊急降落。事後經我研究，我推論當地只有可能是帕邁拉環礁。

我想吐，請空服員扶我下飛機。外面的空氣好新鮮，水很清澈。有小動物在亂跑。我訝異的是，我們遇到一群居民，儀容整潔，而且會講英文。他們看起來生活條件不錯，心情也很好。

我問他們在島上做什麼，他們這麼告訴我：

他們全在類似的情況下被綁架來的。似乎只有少數幾人瞭解為何綁架，大致上的共識是，幕後黑手想必是美國政府和中情局。

他們告訴我，在島上居民當中，有一整班的學童和一整個地鐵車廂的乘客被綁架，罩住頭，飛來島上野放。綁架者不說明原因，他們也始終沒接到外界的消息。

抵達島上後，他們接受疫苗接種，化驗疾病，也接受節育手術，以扼制人口成長。他們被告知，選擇配合的人能終其一生安居世外桃源，衣食無缺，不需為任何人工作。拒絕合作者則一律被處決。

新來的俘虜飽受震驚又惶恐不安，但獲得島上一小群人熱情歡迎。在適應過程中，他們從未被虐待，只能在祥和的氣氛下接受新現實。

他們沒有被鎖住，也沒有被人監督。島上沒有警衛。就我所知，綁架者沒有在島上制定法律。看情況，島上生活的成敗全依自己的道德準則。

他們的行為不像因犯。人與人之間沒有階級。沒有人是老大，也沒有人高別人一等。他們甚至不要求離開，不求救，也不要求外人捎口信給親屬。有一男子說，他已經在島上住了四十年。

他們告訴我，有許多男女在島上找到真愛而結合，過著幸福快樂的日子。他們住在舒適的小木屋裡。島上有發電機、冰箱和電燈。食品定期運送至島上，每月有一名醫師前來探視。

有時候，綁架者也會留下書籍，因而累積成一小間圖書館。多數書籍似乎來自美國中西部的市立圖書館。我是中西部人，那裡有一本書來自我家鄉的圖書館。我查看借閱紀錄卡，發現小學三年級老師的姓名。

我遇見一位十幾歲的少女，問她想不想託我帶信給文明世界，被她拒絕。

不到一小時後，我隨著飛機升空，呼呼入睡，這次奇遇記化為一段朦朧的回憶。

我試圖重返當地，但包機不准降落島上的跑道。以官方說法，當地只供保育研究用，但我知道真相。

現在，每當我在新聞看到血案發生，我不禁懷疑受害者是否全被綁緊，嘴巴被堵住，被專機送到帕邁拉環礁。假如說，桑迪胡克小學槍殺案、波士頓馬拉松爆炸案[11]、薩賓娜・蓋羅虐殺案的死者全都活著，生活在一起，渾然不知他們對外界的衝擊，我也不會驚訝。

我不禁懷疑，也許，在我寫下這段經歷的時候，薩賓娜・蓋羅該不會正坐在沙灘上看夕陽吧。也許她會走回大家聚集的場所吃晚餐，在發電機供電的燈光下打牌。也許她會比我們所有人長壽。睡前想起這些美好的情境能幫助我安眠。

我說的話字字屬實，希望各位相信。

我正在寫帕邁拉環礁奇遇記，預計在二〇一八年自費出書，歡迎各位捐款並預購，感激不盡。

---

10 Black sites，軍事用語中指涉祕密行動，也可指出由美國中情局所管轄的設施。
11 二〇一三年，造成三死數百人受傷。

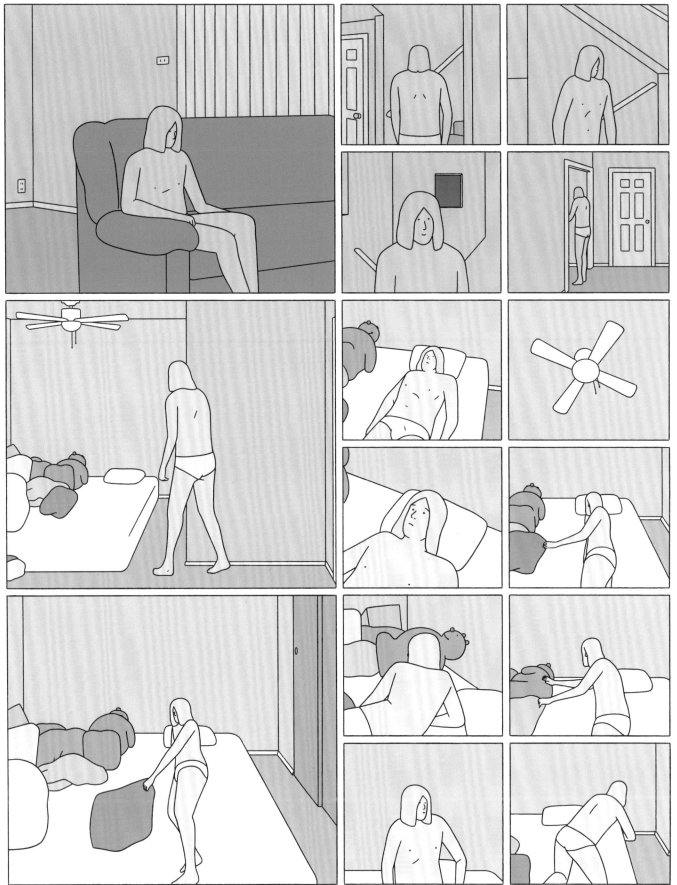

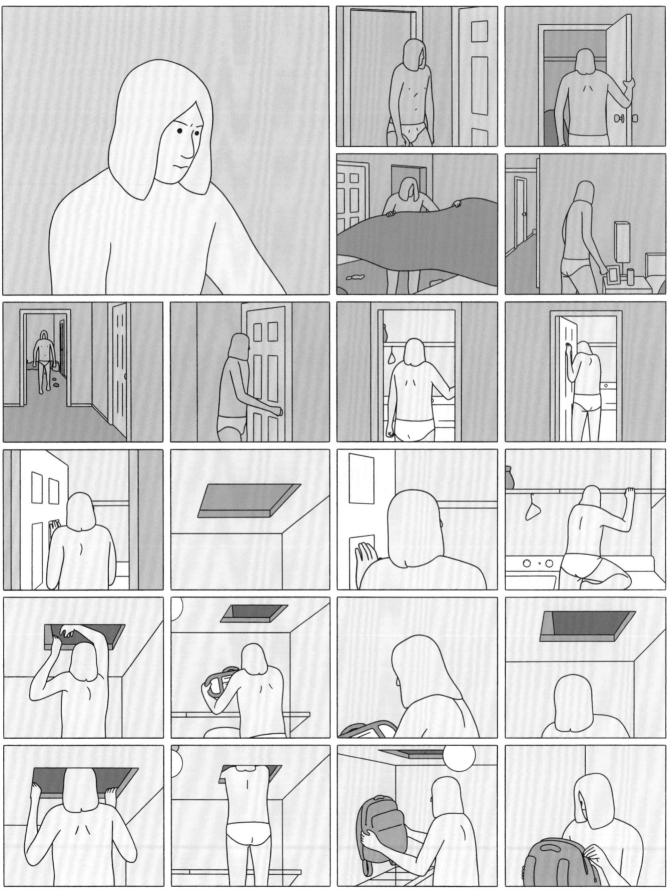

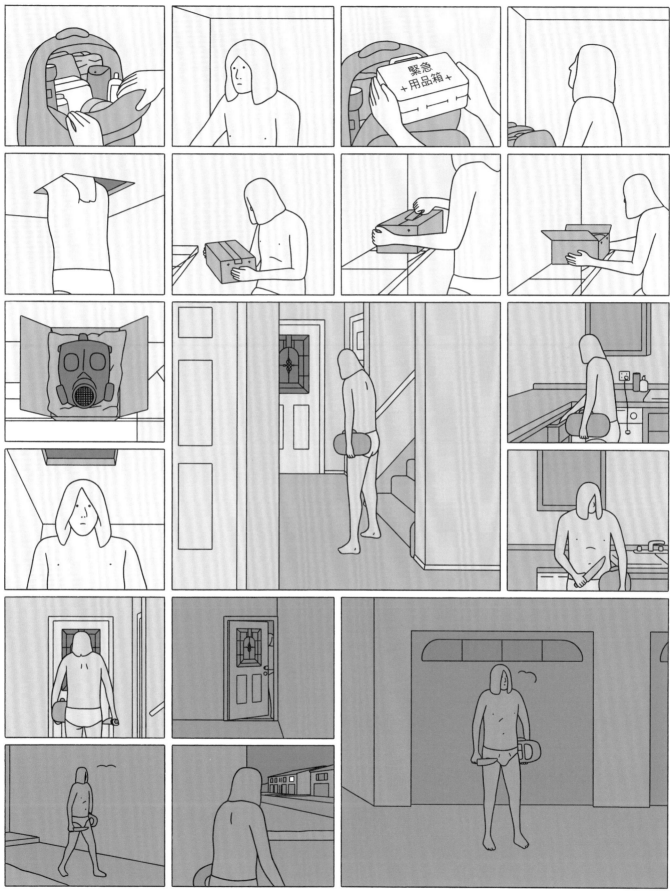

*食材 | 305 份 | 1 個月份

日子到了，我的朋友們。
天賜每人一條命，如今不得已踏上這條路，我不敢相信。
平白走這一遭，悲劇一場。

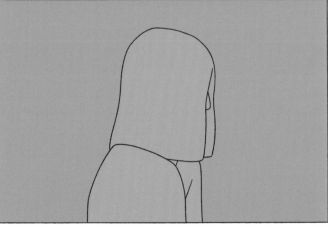

請各位多多保重，今夜過後，我也愛莫能助了。我覺得我始終保持一顆無私的心，一直是個正直愛國分子。但事到如今，我也只能自保並保護家人。希望各位已重視我無數次的警告，早已做好萬全的準備。

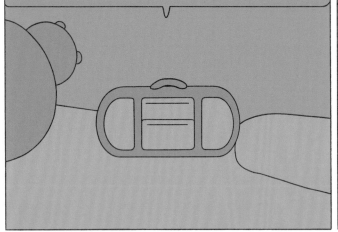

高層有一名消息來源通報我，軍方打著國防演習的幌子，已經發放動員令了。這不是危言聳聽的預言。他們快要殺過來對付我們了。近在眼前。十五年來，我不停大聲疾呼的正是這個。

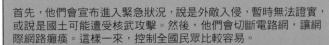

首先，他們會宣布進入緊急狀況，說是外敵入侵，暫時無法證實，或說是國土可能遭受核武攻擊。然後，他們會切斷電路網，讓網際網路癱瘓。這樣一來，控制全國民眾比較容易。

然後，他們會終止糧食運輸。假設你常去的雜貨店貨架變得光禿禿，你會去哪裡求救？他們會在各地設立補給站，供應糧食和物資。

然後，一批批惶恐無助的民眾會像羊群一樣被集中，人民會死心塌地依賴掌權者。遊戲結束。
想擁槍械起義抗爭，為時已晚。

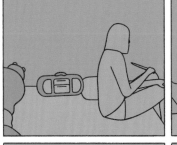

我披露過的幾份報導指出，二○二○年之前，全球人口必須劇減八十％。
這極有可能是清算時刻。

我很害怕。我很生氣。
我不希望生命就此結束。如果有人敢來對付我們一家人，我保證反擊。

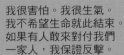

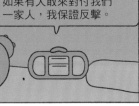

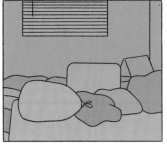

對不起，我不得不縮短今天的節目，因為我今晚有很多事要忙。接下來，我準備了一個歌單，裡面包含我年輕時最愛的曲子，希望各位喜歡。祝各位好運。

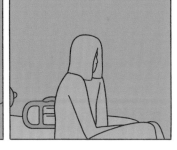

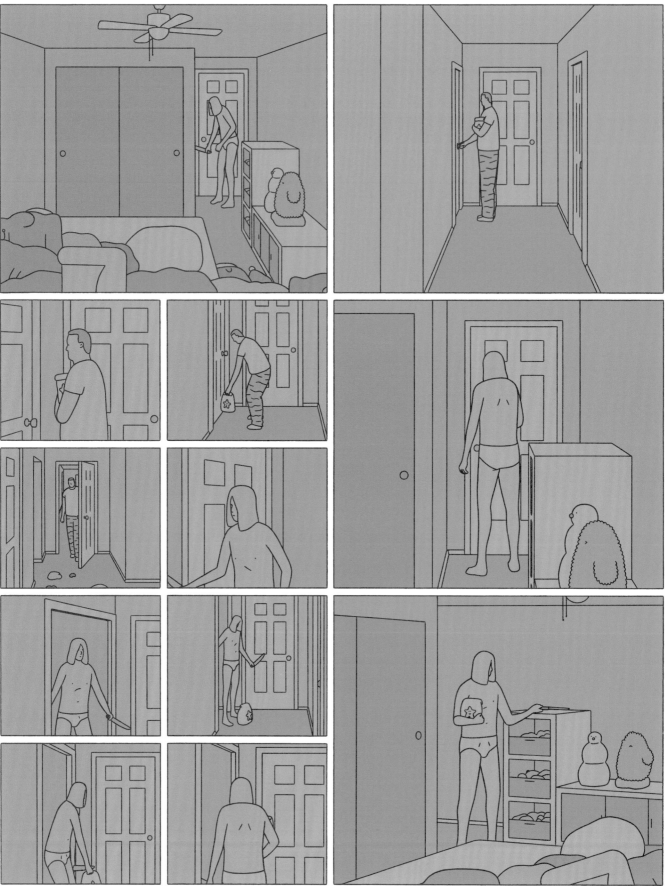

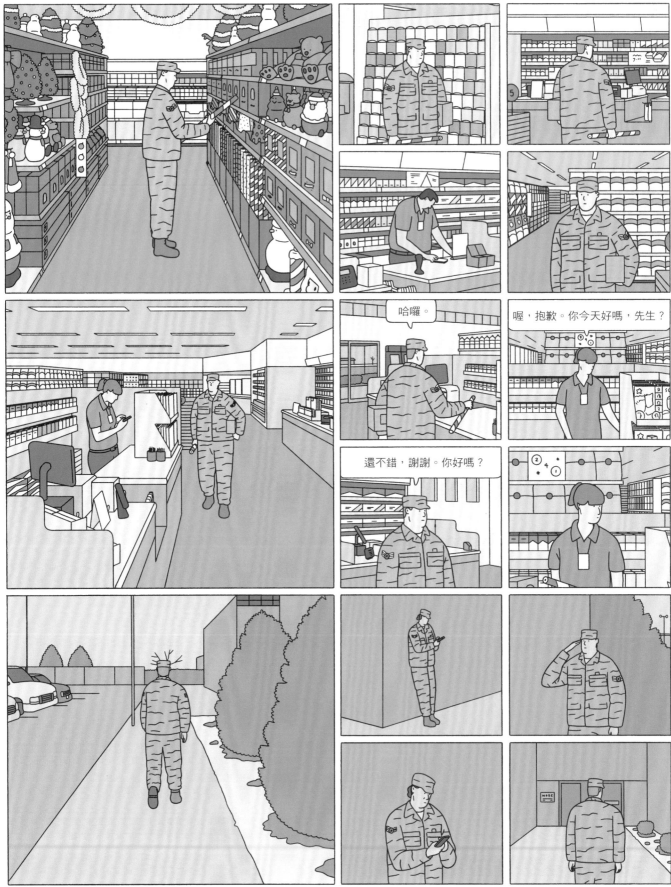

怎麼了？

怎麼一回事？

>> 那我呢？!人人都對我說，我是個天賦異稟的人。我本來以為，我的人生能事事都圓滿成功。簡簡單單的樂趣再也無法滿足我。少數幾個以前讓我快樂的事物，現在我全無感。怎麼走下去？

>> 我能怎麼辦？繼續過著沒人欣賞的人生，永遠被遺忘嗎？捧我的遊行花車在哪裡？我必須設法表達自我。如果不是好事傳千里，我只好做壞事。最重要的是被人記住。

什麼事？

今天早上在丹佛發生的新聞。他在臉書自播，然後進托兒所槍殺所有人，自我了斷。

天啊。

Q 丹佛槍擊案

丹佛大屠殺——無人生還

NOT CROSS　POLICE LINE　DO NOT CROSS

＊警戒線

惡魔新表徵

正夯 ⊘血ㅂ♢⊠凹

〜 丹佛大屠殺　二十七萬條

〜 亞馬遜　二十萬條

〜 葉門　十二萬條

〜 史汀　六萬五千條

〜 美國達人秀　四萬四千條

✉ 撰寫郵件　✓

收件匣（0）

星號標記
重要
寄件匣
草稿

誰想來根菸？

國防部健康評估審核局
心理健康調查
科羅拉多州彼特森空軍基地

日期：*2017 / 11 / 10*
姓名：卡爾文·沃貝爾士官

	2-4	4-6	6-8	8-10	10-12
你昨晚睡眠幾小時？	○	●	○	○	○

	0	1	2	3	4+
你昨晚飲用幾杯含酒精飲料？	○	●	○	○	○

	1	2	3	4	5
心情好壞的程度若分為一至五等級， 一是不佳，整體而言你心情是：	○	○	●	○	○
以一至五等級評量壓力多寡，五是沉重， 目前你所感受到的壓力為：	○	○	●	○	○

	Y	N
你目前是否感到憂鬱或有厭世念頭？	○	●

如果是，請說明：——————————

	Y	N
私生活是否正影響到你的職務？	○	●

如果是，請說明：——————————

	Y	N
你是否想與臨床心理學家約談？	○	●

附加感想：——————————

Aa	Bb	Cc	Dd	Ee	Ff	Gg

Hh	Ii	Jj	Kk	Ll	Mm	Nn

Oo	Pp	Qq	Rr	Ss	Tt	Uu

Vv	Ww	Xx	Yy	Zz		

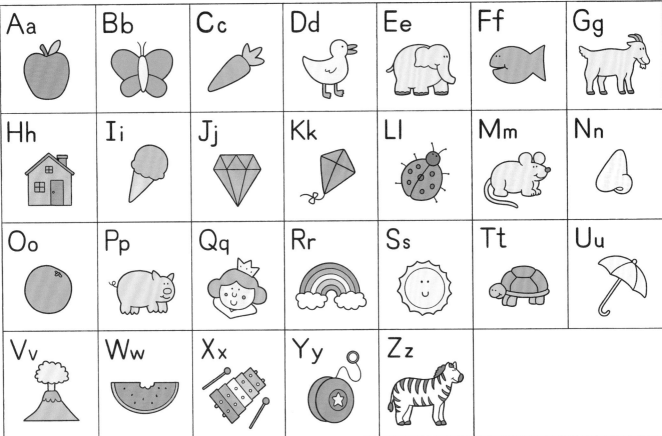

獅子：舞不動。

松鼠：胡扯！
看人家老鼠小姐
怎麼跳。

老鼠小姐：
1… 2… 3… 4…

獅子：1…2…沒用！

老鼠小姐：我們又不會笑你。
跳得傻里傻氣也沒關係，別怕。

老虎：看我！

好。祝妳
一天順利。

不好意思。

沒關係。一切都好吧？

喔，還好。我只想問候
一下賈姬而已。

嗯。你認為你做的抉擇
正確嗎？

是啊。我期待恢復老百姓
的身分。

我喜歡佛羅里達。而且，
我也想念女兒和賈姬。

冷戰開始破冰了。今年的日子
很難熬，不過，我們還是熬過
來了。

我有同感。

我也要。

想點什麼？

我想來一份總匯三明治。

照常感謝大家捧場。今晚第一個上台的是珊卓，
大家給她熱烈掌聲，歡迎她分享心靈點滴。

謝謝。

呃……我想朗讀一些東西……

我妹妹最近被殺死了。

之後,我不斷接到各地寄來的訊息。

如果大家不介意,我打算照著朗讀幾位陌生人的來信。

我不希望讓任何人感到不安。希望這樣做沒問題。

好。開始。

「嗨,珊卓。我為妳和妳家人感到心碎。我能幫上什麼忙?捐款可以寄到哪裡?」

「這是珊卓‧蓋羅本人的 e-mail 嗎?回信給我。我可能掌握對妳有利的訊息。」

「珊卓，妳怎麼了？我怎麼看都不對勁。」

「嗨，珊卓。我從臉書發過一封信給妳。最近怎樣？這到底是真是假？我想妳欠大家一個說法。」

「這真的是妳的 e-mail 嗎？妳怎麼證明妳是真有其人，不像妳那個假妹妹一樣？」

「我一直在研究妳們兩姊妹的網路相片，發現去年六月之前，妳的頭髮顏色和鼻子形狀有所出入。妳做何解釋？」

「珊卓，大家需要知道真相。前後矛盾之處已嚴重到不容忽視的地步。妳再不挺身辯解，我們逼不得已，只好採取下一步。不公不義的事不容存在。」

「嗨，珊卓，我是密爾瓦基（Milwaukee）的攝影工作者。妳的哀戚相當令人動容。我想為妳拍照，想收錄在我正在拍攝的攝影集裡。下星期妳哪天有空，我們可以見個面，地點由妳選擇。」

「嗨，我在報上看到妳的照片。如果我寄剪報給妳，妳願意幫我簽名嗎？」

「嗨，珊卓。我有理由相信妳妹妹還活著。妳在這事件裡扮演的角色是什麼，我不清楚，也不知道妳是真是假，但我認為妳會想知道。欲知詳情，發訊息給我。」

嗯。有些信，我還是省略好了。最後這人不停威脅要我的命。

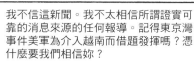

他這樣寫:「妳的地址上網了。
我們社群的人知道真相,終於覺醒了。
我有武器,能自保。他們想來整我,
就有苦頭可吃。

我不信這新聞。我不太相信所謂證實可
靠的消息來源的任何報導。記得東京灣
事件美軍為介入越南而借題發揮嗎?憑
什麼要我們相信妳?

這整件事全是假的。全是他媽的的謊言。
完全不合理。她到底在哪裡?」

我想朗讀的就這些。

很抱歉。我不知道該不該這樣做。

謝謝。

感謝妳,珊卓。

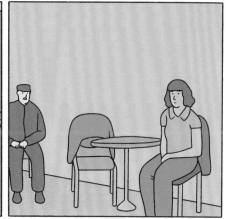

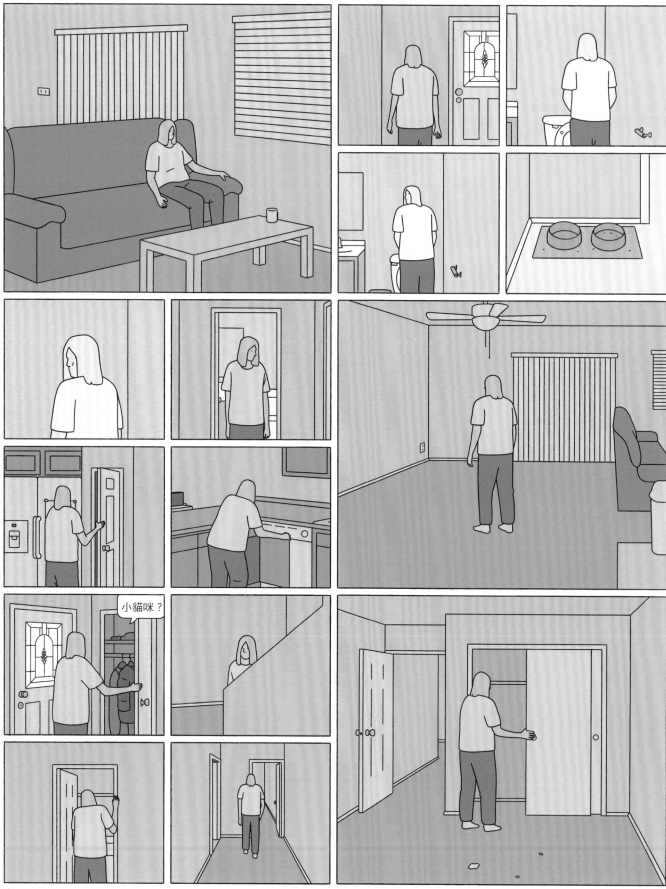

好，
進來。

什麼事？

你的貓在房間裡嗎？

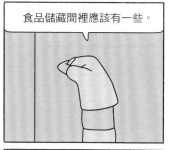

不在。
怎麼了？

我找不到他。貓碗空空的。

喔。嗯，我不知道。

貓食放在哪裡？

食品儲藏間裡應該有一些。

沒有，
我找過了。

好，我今晚下班去買。

你上次餵貓，
是什麼時候的事了？

不太記得。咦，最近不是
你在餵貓嗎？

什麼？
我沒有。

喔。

你最後一次看見他，
是什麼時候的事了？

我不知道。他有時會躲起來。
我日夜顛倒，你不是不曉得。
多數時候，我半夜回家，上床
倒頭就睡。

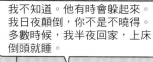

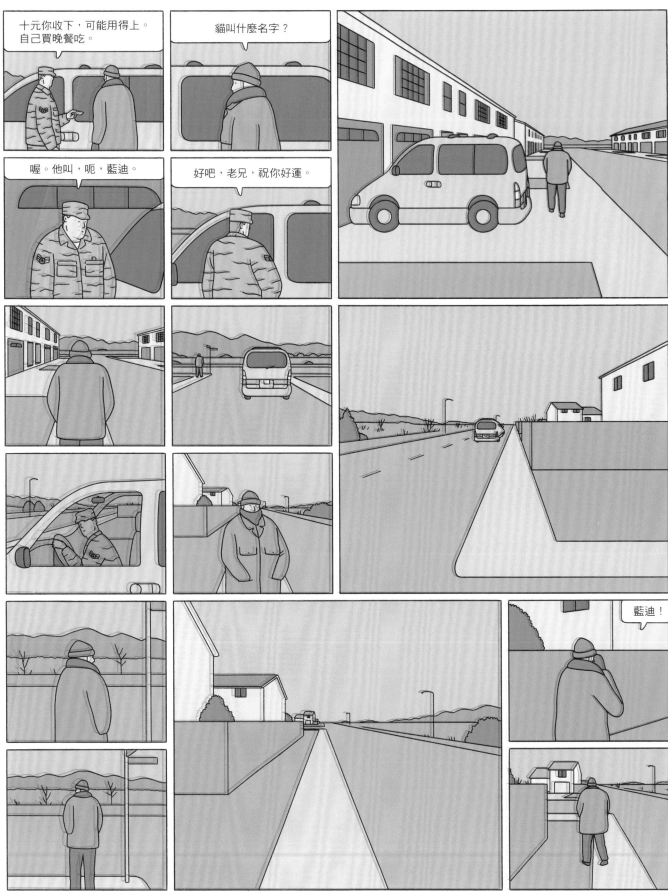

藍迪！

妳有沒有看見一隻黑貓？
毛接近深灰色。

抱歉，沒看見。你住哪裡？

我朋友的家轉彎就到。
呃，如果妳找到貓，可以送還
卡爾文·沃貝爾嗎？

沒問題。吉兒，
留意一下，好嗎？

好的。

謝謝。

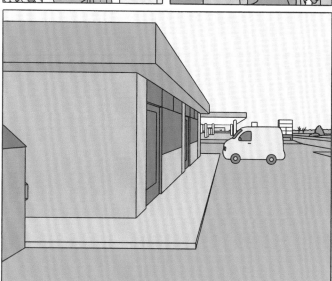

藍迪！

怎麼了？

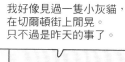

你有沒有看見一隻貓？

我好像見過一隻小灰貓，
在切爾頓街上閒晃。
只不過是昨天的事了。

往這邊
走嗎？

對。接近學院大道。
值得去找找。

謝謝。

你好嗎？

好。

對。

嗨，你有沒有在附近見到
一隻灰貓？

啊，沒有。抱歉，老弟。
可惜沒有。

還是謝謝你。

對了，這條路走下去，
有一間流浪動物之家，
離這裡幾英里。

謝謝。我會去
找找看。

真的？

在那個方向，左邊。
我不記得名稱了，
不過你到了一定知道。

你用走的？

對。

上車吧，
我堅持。

這樣吧，我載你去。

我是講真的，反正順路。

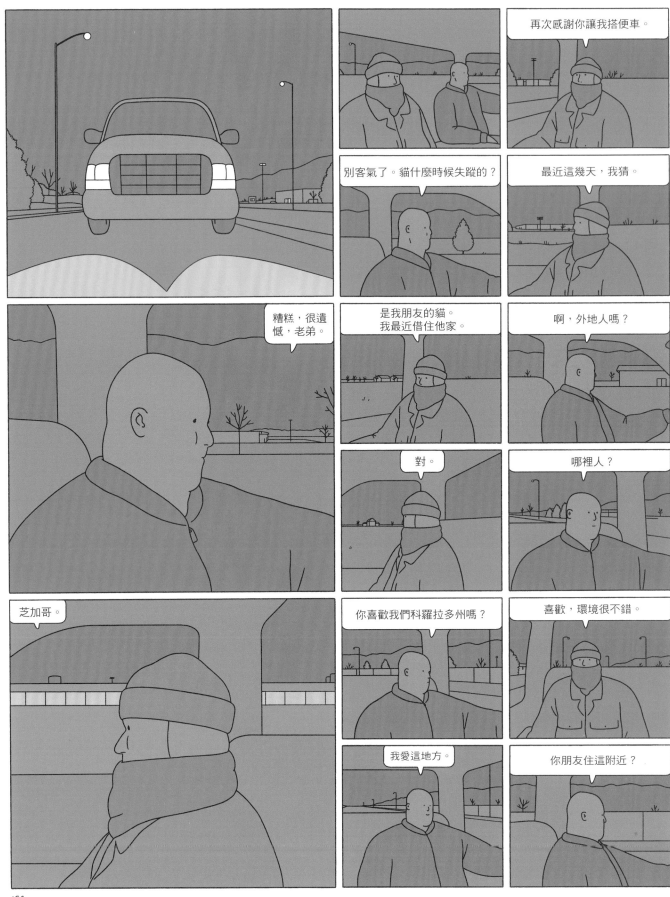

不遠吧，我想。

嗯，謝謝。我真的很感激。

不客氣。

喂～

你怎麼回家？

我可以走回去。

確定嗎？你想坐車回去的話，我可以等你。

不用了，不好意思讓你等。

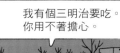

我有個三明治要吃。你用不著擔心。

好吧，別等太久了。你真的沒必要等我。

去。去。我就待在這裡。

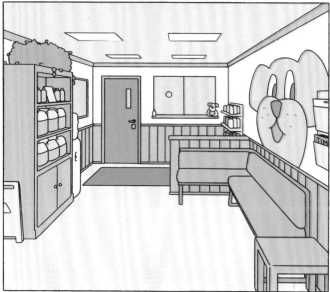

你剛說，就快到了？

對。抱歉，我不記得街名。看到才知道是哪一條。

好。你來這裡打算住多久？

我不確定。

好吧，如果我發現你的貓，怎麼聯絡你？

你只能打給我朋友。有了——在這裡左轉。

瞭解。你朋友叫什麼名字？

卡爾文·沃貝爾。他就住那一棟。他家在這排房子右邊最後一間。

非常感激你幫忙。

算是年行一善吧，哈哈。

對。

別煩惱。我相信小傢伙會自動露臉的。

嗯，祝你今晚順心。

好，你也是。

嗶

希望你這下子高興了。

對不起，我出去一下。

嗨。

出了什麼事？

你女兒正在哇哇大哭，全是你的錯。

對……

發生什麼事了？

你是不是寄一個包裹給她？

因為你拖了幾個月，一直沒把娃娃寄還給她。去你的，我發了十個簡訊催你。

包裹外面寫的寄件人和地址是你？

對。怎麼了？

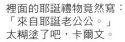

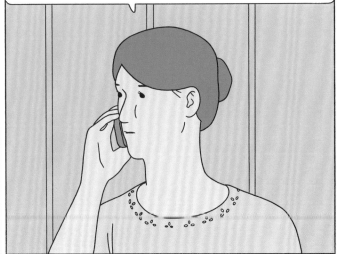

裡面的耶誕禮物竟然寫：「來自耶誕老公公。」太糊塗了吧，卡爾文。

可惡，妳幹嘛讓她打開？

不會吧，我不過是寄禮物給女兒而已，就被罵臭頭。

西喜哭得好慘。她吵著說，世上沒有耶誕老公公。

讓我開導她。我可以跟她賠不是，編個藉口，不就沒事了？

我不希望你現在跟她講話。

過陣子就沒事了！她才四歲。

我不希望你搬來這裡。

我跟妳道歉，可以嗎？只是個無心之過嘛。

哼，現在後悔太遲了。

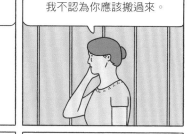

我不認為你應該搬過來。

我們不希望你搬過來。西喜最近甚至不再過問你了。

騙人。我愛她。

你每隔兩禮拜來一通電話，有時候還三更半夜打來，跟她聊個十分鐘。

和我們以前住科羅拉多那間房子一樣嗎？你完全不理她。我不可能再被你冷落了。

講電話不一樣。等我當面見到她……

我們改天再討論吧。我正在上班。

我想說的話已經全講完了。
你想搬來，我攔不住你，
不過我不希望你搬來。

你也不想。不要再自欺了。

好吧，再見。

就這樣
嗎？

對。

史密斯
士官長？

喔，嗨，卡爾文。

可惡的機器。
我想救我買的脆片。

我想接特調處
那份工作。

我想跟你商量一件事。

什麼事？

真的假的？現在才講，
有點太遲了。

對不起，我一直拿不定主意。
我終於想通了，那裡才是我的
歸宿。

對，你
的確是…

喔，我同意你的看法，不過，
唉，上校見你沒興趣，只好
考慮第二人選……

我打定主意了。你說過，
我是最合格的人選。

你還沒找別人接這工作吧？

還沒
定案。

上樓進我辦公
室，我們一起
研究看看。

那就給我吧。我什麼都肯做。

嗯……

沒忘記

寄件人：傑森・里奇蒙　11:35 PM
收件人回 我

卡爾文・沃貝爾：

需要我再自介一次嗎？
我一直耐心等你走出黑影，
你卻顯然沒有現身的意思。

三十個小孩被槍殺之後，我以為，「這下子，卡爾文不會再坐視這種事繼續發生。遲早他會為所應為，挺身而出。」

你到底躲在哪裡？

你一定握有一些有用的內幕情資，對不對？你知道薩賓娜案的內情嗎？媽的，丟給我們一個名字，不行嗎？再耍我們下去，就不好玩了。什麼樣的妖魔願意眼睜睜看小孩被謀殺？

就算全世界忘記你，我也不會。

很多人對大新聞一頭熱，對著同一條新聞鑽研，又發生大事的時候，他們馬上轉移目標。

我重視名氣較小的角色，像你這種邊陲型的人。也許你涉案不夠直接，但你絕對能協助我們揭穿藏鏡人，將他們繩之以法。

我只是熱心助人而已。這件案子明顯有不太對勁的地方，你我至少能有這個交集吧？你八成受欺壓，不得不屈從，我為你深表同情。這些人太邪惡了，卡爾文。我不認為你明瞭……

現在是起而行的時刻。我們需要你加入我們這一邊，兄弟。這組織的核心黑暗無比，我擔心你靠得太近了。在還來得及的現在，勸你盡早脫身吧。

你在隱瞞什麼祕密？你這輩子願意告密嗎？你體內該不會被注射什麼毒膠囊，一告密就毒發身亡吧？或者，你只是個沒骨氣的孬種？

你的相片，我一連盯了好幾天，反覆分析。有時候，我不敢相信自己居然會寫信給你。你在讀這封信嗎？你到底會不會回我信？

我隱隱有個預感，逐漸覺得你不是個好人。恕我對你不敬。也許有朝一日，你會覺醒，奮而為所應為，但在你覺醒之前，你是我誓言對抗的敵人。

代我向薩賓娜致意，你這個狗雜種。放她走吧。我知道你掌握她的行蹤。

我不會等到下一場悲劇發生才再警告你。

我恨死你了！！！

永遠且時時刻刻監視著你。

真相戰士 敬上

卡爾文，
哈囉。

喔，
抱歉。

有一台伺服器出毛病了。
你可以幫我去檢查一下嗎？

沒問題。什麼毛病？

我收到錯誤訊息，
毛病出在 CC 排第四架。

從這裡看不出毛病是什麼。
麻煩你下樓去查，從操作台
登入。

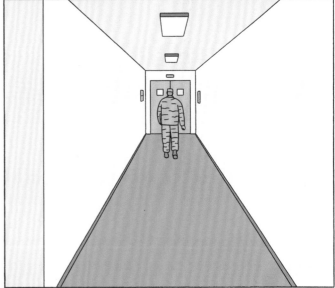

行。

謝謝。

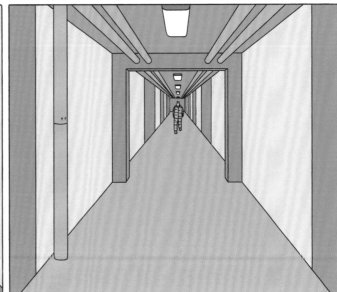

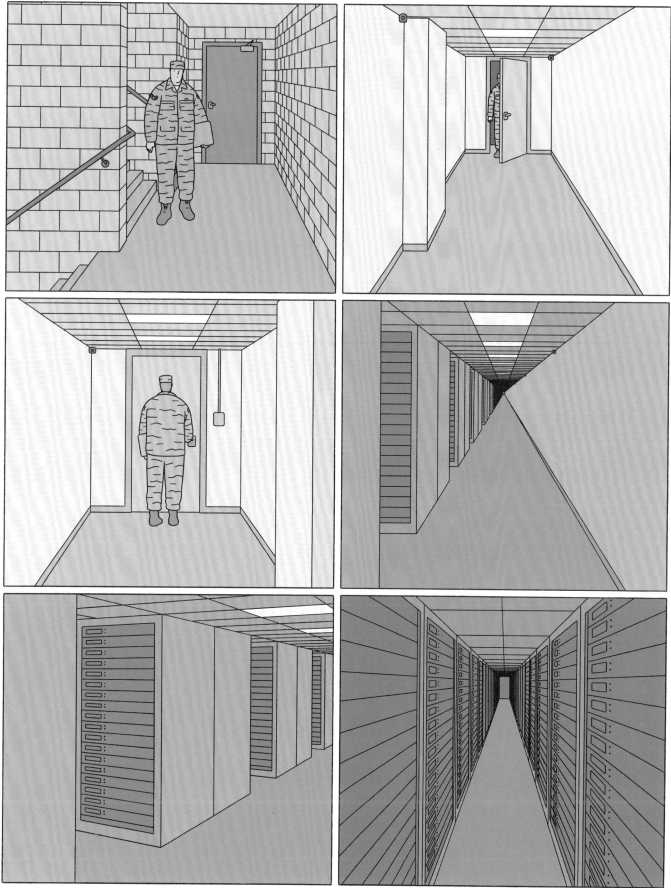

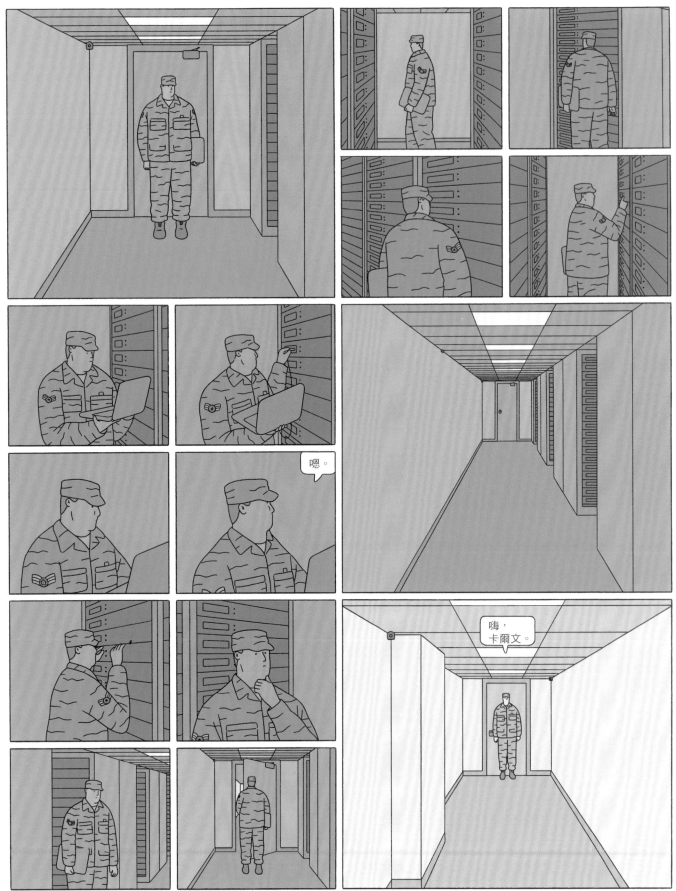

 赫！

 媽呀，康諾。哈哈。你下來幹什麼？

 那就好。幸好。

 只是來看看你是不是需要幫手。

 喔，不用了。我查不出毛病在哪裡。

 對。

 我本來想找你討論一下那份職缺……

 好。

 現在想跟你恭喜一聲，老兄。

 喔，非常謝謝你，康諾。我真心感激。

 我認為，那工作對你有好處。

我只希望你有心理準備。

 呃，你也知道，接這工作的責任很重。史密斯士官長說，我的很多歷練在那裡能派上用場。

對，你也知道，新工作新挑戰……

 責任重大喔。

對，我曉得。

你接了什麼任務，我猜你大概不清楚，卡爾文。我認為最好跟你溝通一下。

什麼意思？

那工作跟這裡不同。你不會成天守辦公桌。

喔，對。就像你說的。我嘛，不在乎。我有心理準備，要我出差，隨時都行。

出差？法外殺人呢？對這個，你有心理準備嗎？

什麼？

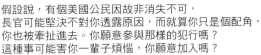

假設說，有個美國公民因故非消失不可，長官可能堅決不對你透露原因，而就算你只是個配角，你也被牽扯進去。你願意參與那樣的犯行嗎？這種事可能害你一輩子煩惱，你願意加入嗎？

那還不算最可怕，卡爾文。你讀過「黑色地帶」吧？你知道其中的祕辛，對不對？你才不知道。沒人清楚。你一旦踏進那道門，再也沒有回頭的機會了。

五年來，我一直在等這機會。我本來已經準備踏進去了。我想親自探個究竟。你以為你會被派去德國或南韓，被派去做技術支援的工作？你可能搞錯了。

卡爾文。你誤上什麼賊船，你他媽的大概沒概念吧。我不認為你受得了。

什麼？做那種事，只不過是例行勤務而已！我擔心你被派去見大場面——那種網路瘋傳的嫁禍大屠殺案件，我擔心你不知如何反應。那種任務真的很棘手。等到你遇到長官派進場的瘋狂槍手，你一定傻眼。

你發現老百姓夢想不到的真相，你會怎麼反應？
這種事能改變人生方向啊。這些黑手是幕後主宰光天化日下
全世界的機制。承受這麼大的壓力，你的腦袋不會爆炸嗎？

完蛋了，老兄。看得出來，你真的一點概念也沒有。哈哈。
等你進茶水間，和新同事聊天，發現九一一事件的真相再說
吧。或者，發現薩賓娜的下場。

住嘴！
不要再說了！

什麼？
哈哈。

閉上狗嘴，
康諾！媽的，
住嘴！

你在尋我
開心吧？

我聽不下去了！

兄弟，我是在逗你的啦。

什麼?!

鎮定一下嘛，卡爾文。開玩笑的！

你該不會當真吧？少來了，老兄。你沒那麼笨吧。

說真的，到手的肥缺被你搶走了，我是有點火大。
生涯規畫被你搞砸了。我只是逗一逗你嘛。

你。

天啊，老兄，你
太疑神疑鬼了。

你不會有事的，說真的。
新工作將一切順利。

抱歉，我只是——

別放在心上。你今年遇到太
多鳥事了。幽默感哪裡去了？
你以前被消遣了還懂得笑。
再笑一笑嘛！

對……

心情放輕鬆點。

好。抱歉。

我該回樓上了。
待會見？

我馬上回樓上。

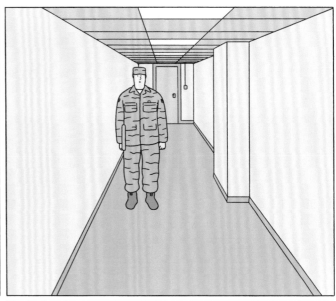

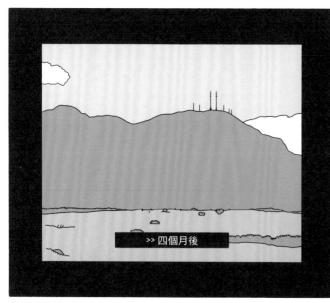

>> 四個月後

卡爾文？

嗨，什麼事？

我剛清空了樓下浴室。你確定你要的東西全帶走了嗎？

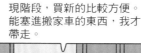

對，謝謝。這些鍋子，你要不要？

真的？你確定你用不到？

現階段，買新的比較方便。能塞進搬家車的東西，我才帶走。

謝謝，老兄。太棒了。

當作是你搬新家的禮物。

哈，好。你不帶走的東西，我們全留著用。

好了。樓下這裡大概搬完了。

這麼多家具，你全想留下？

兒童房。

哈哈，別鬧了。

別說不可能。
大家都說不生，結果……

我和老婆討論過了。我嘛……

謝謝。

你看過主臥房沒？

看過了。那麼多家具，
你不帶走嗎？

我的新家裡家具一應俱全，
什麼也不缺。

有些東西，為
保險起見，我
就不帶走了。

就這樣囉？

那一箱塞得進這裡。
只要把這箱側著放。對。

哇，辦到了。

好，祝你一路順風。
到了目的地告訴我。

我會的。再次感謝你幫忙。

所以，我們每月初一付房租給你，這樣就行了？

可以。你需要什麼再告訴我。

好，老兄。就這樣囉？

應該是。保重了，康諾。

你也保重。

你有沒有檢查備胎和千斤頂？

有的，老爸。

哈，關心一下不行嗎？

謝了。

有沒有忘掉什麼東西？應該沒有吧。

對了——你家信箱在哪裡？

對不起。多虧你想到！信箱在整排住家的盡頭。

酷。等我一下，我想在你離開前，去看看有沒有你的信。

好主意。我老是忘記去拿信。

我馬上回來。

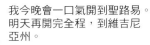

藍迪有沒有被送來這間？

沒有。

沒有。

唉。可憐的小傢伙。

你最近有和珊卓通話嗎？

嗯，我該回裡面了。

喔。
這麼急？

對。祝你到了那裡一切順利。

謝謝。我也祝你順利。
我可以跟你保持聯繫嗎？
你現在有沒有手機？

打來這間流浪動物之家，
找我就行了。

酷。

多謝你的照顧。

客氣什麼。

＊左：男廁，右：大抉擇

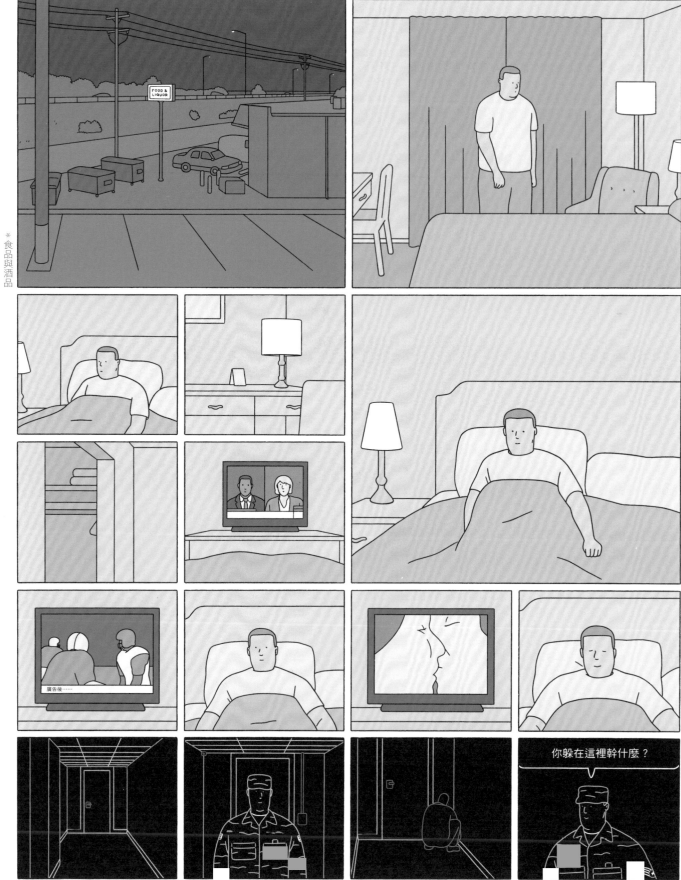

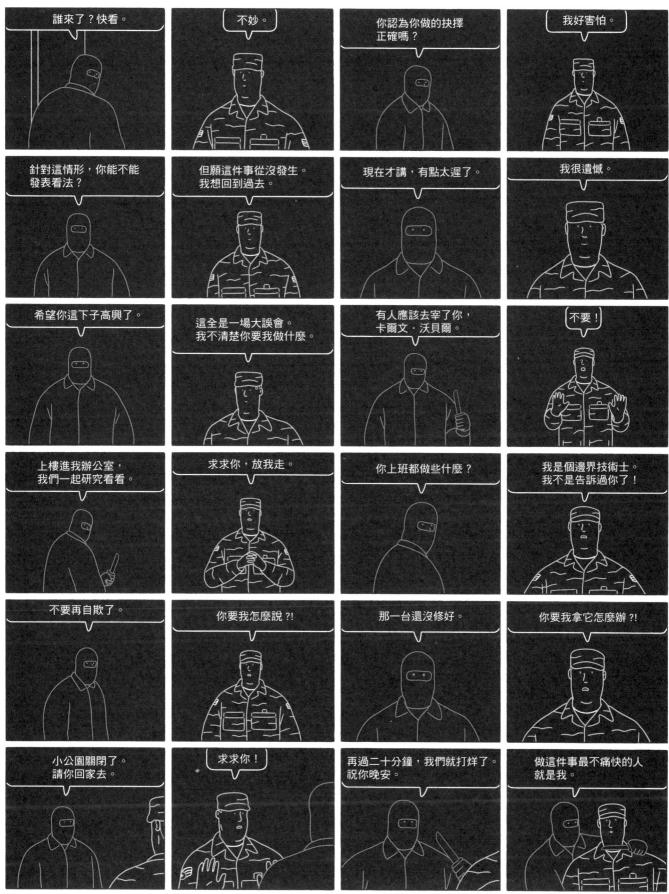

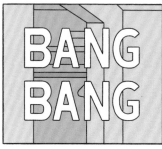

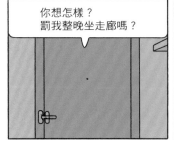

史考特！

天啊，別再鬼叫了，行不行？

是妳。拖這麼久！

別對我發號施令。
我已經受夠了！

閉嘴。你會害我們被趕出去。

離開走廊啦。你喝醉了。
少在那裡發神經了。

妳老是一肚子火，我受夠了！

你口氣像個欠幹的白痴。

竟敢罵我！

既然這樣，我罰你坐走廊，
你好好反省自己做錯什麼事。

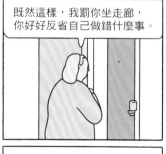

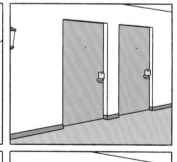

別走別走！

喂，讓我
進去！

尼克‧德納索（Nick Drnaso），生於一九八九年，
在伊利諾州帕洛斯丘（Palos Hills）長大，登場作
Beverly 榮獲《洛杉磯時報》圖書獎（L.A. Times
Book Prize）最佳視覺文學首獎，目前與妻子和三
隻愛貓定居於芝加哥。

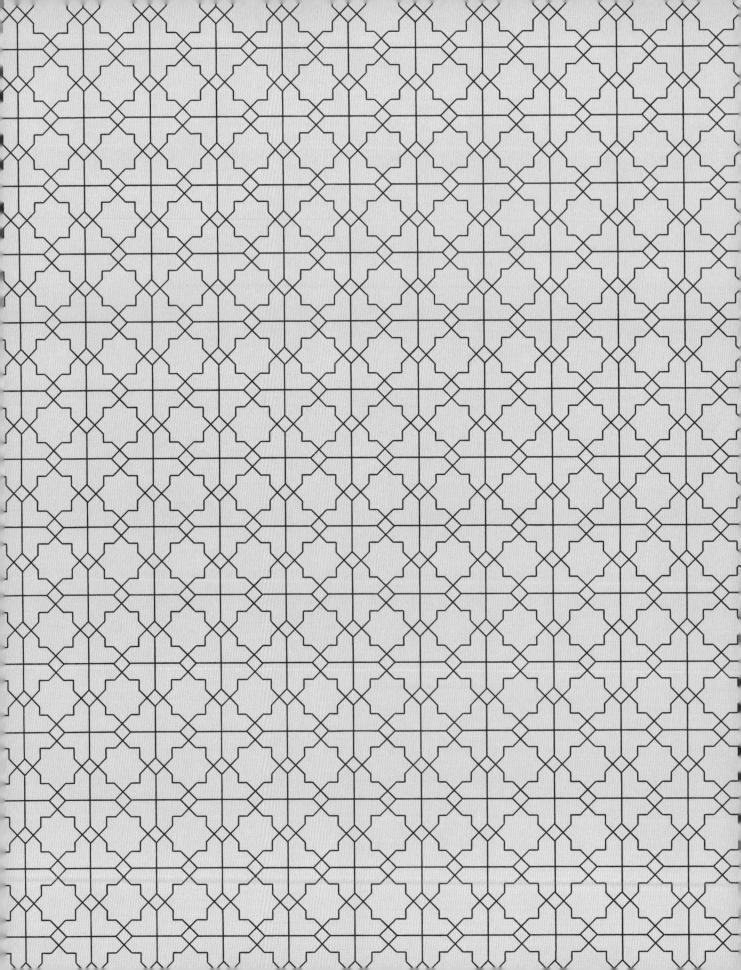

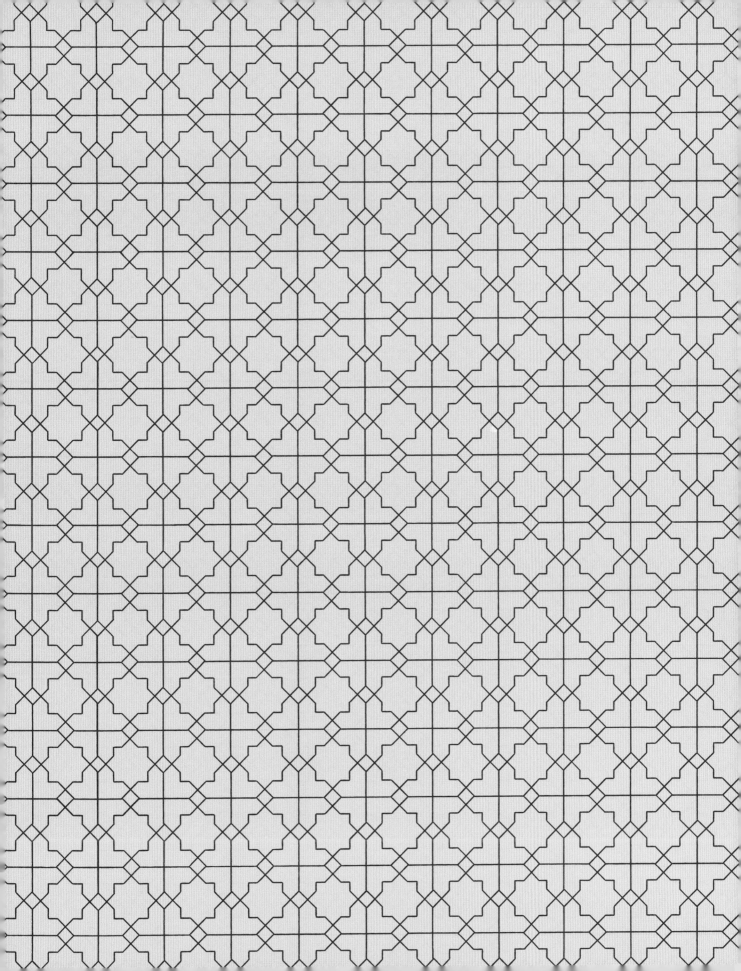

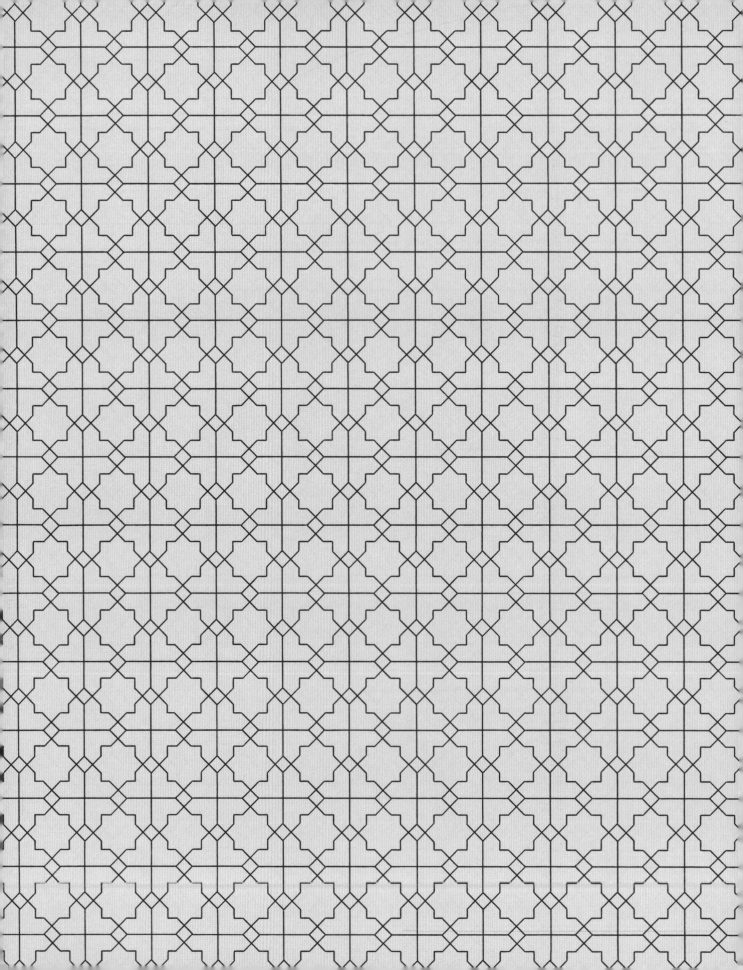